Senhores
e criados
e outras histórias

PIERRE MICHON

Senhores ᵉ criados
e outras histórias

Tradução de
ANDRÉ TELLES

EDITORA RECORD
RIO DE JANEIRO • SÃO PAULO
2010

CIP-Brasil. Catalogação-na-fonte
Sindicato Nacional dos Editores de Livros, RJ.

M57s   Michon, Pierre, 1945-
        Senhores e criados e outras histórias / Pierre Michon;
        tradução de André Telles. – Rio de Janeiro: Record, 2010.

        Tradução de: Maîtres et serviteurs; Le roi du bois; Vie de
        Joseph Roulin
        Conteúdo: Senhores e criados – O rei do bosque – Vida
        de Joseph Roulin
        ISBN 978-85-01-08472-9

        1. Romance francês. I. Telles, André. II. Título.

08-5118   CDD – 843
                        CDU – 821.133.1-3

Título original francês:
MAÎTRES ET SERVITEURS
LE ROI DU BOIS
VIE DE JOSEPH ROULIN

Copyright © Éditions Verdier, 1988 pour Vie de Joseph Roulin
© Éditions Verdier, 1990 pour Maîtres et Serviteurs
© Éditions Verdier, 1996 pour Le roi du bois

Texto revisado segundo o novo Acordo Ortográfico da Língua Portuguesa.

Todos os direitos reservados. Proibida a reprodução, no todo ou em parte,
através de quaisquer meios.

Direitos exclusivos de publicação em língua portuguesa somente para o Brasil
adquiridos pela
EDITORA RECORD LTDA.
Rua Argentina 171 – Rio de Janeiro, RJ – 20921-380 – Tel.: 2585-2000
que se reserva a propriedade literária desta tradução

Impresso no Brasil

ISBN 978-85-01-08472-9

Seja um leitor preferencial Record
Cadastre-se e receba informações sobre nossos
lançamentos e nossas promoções.

Atendimento e venda direta ao leitor
mdireto@record.com.br ou (21) 2585-2002

EDITORA AFILIADA

Sumário

VIDA DE JOSEPH ROULIN 7

SENHORES E CRIADOS 51
   Deus não tem fim 57
   Quero me divertir 83
   Confia neste sinal 106

O REI DO BOSQUE 135

Vida de Joseph Roulin

Para Jacqueline

MARTHE. Será que cada coisa vale exatamente seu preço?
THOMAS POLLOCK NAGEOIRE. Nunca.

Claudel, *L'échange*

Um foi nomeado para lá pela Companhia dos Correios, arbitrariamente ou conforme os seus anseios; o outro foi para lá porque lera livros; porque era o Sul, onde julgava o dinheiro menos raro, as mulheres, mais clementes e os céus, prodigiosos, japoneses. Porque estava fugindo. Em 1888, circunstâncias os lançaram na cidade de Arles. Esses dois homens tão dessemelhantes simpatizaram; em todo caso, a aparência de um, do mais velho, agradou suficientemente o outro para que este a pintasse quatro ou cinco vezes; assim, pensamos conhecer os traços que ele exibia nesse ano, aos 47 anos, como conhecemos os de Luís XIV em todas as suas idades ou de Inocêncio X em 1650; e, com efeito, nesses retratos ele está vestido como um rei e sentado como um papa, isso basta. De sua vida também conhecemos algumas ninharias, que ele se espantaria muito de ver constar, sob seu próprio rosto, nas notas prolixas de livros supereruditos. Sabemos por exemplo que a administração dos Correios transferiu-o no fim de 1888 de Arles para Marselha, promoção decorrente de seu zelo ou rebaixamento devido às suas bebedeiras, isto, não sabemos; temos certeza de que viu pela última vez Vincent no hospital de Arles em fevereiro do ano seguinte, Vincent que por sua vez não ia demorar a ser transferido daquela cela para a cela de Saint-Rémy, antes da grande transferência para Auvers à qual sucumbiu em julho de 1890. Não sabemos o que se disseram pela última vez. No pouco que escreveu Van Gogh sobre isso, fica claro que o outro era alcoólatra e republicano, isto é, que se dizia e presumia republicano e era alcoólatra, com uma afetação de ateísmo que o absinto exaltava; que era bom de copo e bom sujeito, e disto dá fé seu comportamento fraterno para com o desafortunado pintor. Usava uma grande barba bífida, rica para pintar, toda uma floresta; cantava velhíssimas e tristes canções de ninar, refrões de gajeiro; *Marselhesas*; parecia um russo, mas Van Gogh não esclarece se era mujique ou barine: e os retratos permanecem igualmente indecisos quanto a esse ponto. Tinha três filhos e uma mulher quase nas últimas. Que fazer com ele? Olho para os seus retratos, contraditórios, e em todos reconheço seus braços azuis, seu olho afogado, seu sagrado quepe. Aqui, dir-se-ia tema de ícone, algum santo de nome complicado, Nepomuceno ou Crisóstomo, Abbacyr, que mistura sua barba florida com as flores dos céus; ali, é antes um sátrapa com a barba de Assur, quadrada, brutal, mas ele está cansado de todo aquele sangue derramado, percebemos claramente que seus olhos arregalados gostariam de se fechar, sua alma, entregar-se, seu olhar, inverter-se em todo aquele amarelo que está atrás dele; acolá, aproxima-se mais um pouco, evita pilhérias, é meu avô, é um *chouan*, um funcionário dos Correios, é um dia em que o pintor e ele haviam tomado um pileque; finalmente, alhures, acha-se à beira do buraco aonde caem os beberrões por volta das nove da noite. Mas em toda parte tem a expressão **des**armada, atendida em seu despojamento e, nesse despojamento, instalado em suma confortavelmente, o olho lépido e estúpido que pressentimos nos personagens menores dos romances russos hesitando sempre entre o Pai celeste e sua garrafa deste mundo, conciliando-os numa casuística sumária, passando de uma para o Outro, intercambiando-os sem cerimônia; é sempre aquele mujique devotado, resmungão, que conduz o trenó do seu barine com preces veementes e blasfêmias sussurrantes, tilintando os guizos: por conseguinte, aquele senhor branquelo todo agasalhado atrás, de astracã e barba ruiva, é Van Gogh, rico por acaso e por natureza taciturno, sob o grande sol da Santa Rússia, que ele não pinta. Sim, o carteiro Roulin pode conduzir um trenó — também poderia estar atrás, boiardo não menos distinto, mais rústico que o ruivo; pode abrir sua grande sacola onde submerge a correspondência do dia, na estação Saint-Charles onde rugem os trens, e ali dentro não há carta para ele, ele prageja contra o destino e os trens; poderia inclusive, fazendo um biscate num castelo de proa de Melville, ser maltratado e manifestar simpatia dissimulada e perdão pela loucura de um capitão; vejo-o também instalado diante dos quadros na casa amarela, devaneando, nem pró nem contra, tolerante e dubitativo: pois não entende nada de arte, e como poderia nos fazer entender alguma coisa quanto a isso? Por trás de sua tolerância ou sua dúvida, não sabemos o que há. É um personagem de muito pouca serventia quando nos arvoramos a escrever sobre pintura. Ele me convém. Está extenuado e talvez alegre como a forma. Vazio como um ritmo. A escansão vã, despótica e surda que sustenta o que escrevemos, o alimenta e esgota, quero que aqui ela use seu nome; quero que ela assuma incontinenti o grande dólmã e o quepe dos Correios; que ela envelheça em Marselha e se lembre de Arles; que uma barba lhe cresça; ela aparecerá em azul da prússia, alcoólatra e republicana; não entenderá uma migalha dos quadros, mas por sorte, ou fascínio, talvez se torne quadro mais uma vez; ela será mujique, ou barine se me aprouver — e que seja completamente arbitrária, como de costume, mas que muito visível venha à luz, manifeste-se e morra.

    Joseph Roulin sobreviveu muito tempo a Van Gogh.
    Creio que recebeu algumas cartas dele de Saint-Rémy. E seu signatário, como de costume, tanto para Theo seu irmão, que

não tinha um níquel, como para Gauguin ou Guillaumin e Bernard, que tinham o chique da pintura, coisa que ele não tinha, seu signatário dizia não que ia tudo bem, mas que tudo ia ficar melhor; não que pintasse bem, mas que ia pintar bem: que sua grande miséria atual, as baratas na sopa e a rendição incondicional às mãos benignas e ferozes dos discípulos de Charcot, tudo isso ainda era culpa do vento e das circunstâncias, do comerciante de tintas que é muito mal abastecido por aqui, do amarelo de Delacroix que temos tanta dificuldade em alcançar, dos nervos; mas não do fato de que se é absolutamente Vincent Van Gogh. Como as lia, ele, Roulin? Não como eu as leria, seguramente, não com essa leitura finória e ruim, interpretativa, que agora fazemos daqueles que só nos escrevem por uma última polidez para com o destino, como se sem ilusões escrevessem à esperança em pessoa: é uma fase ruim, dizem eles, culpa do vento e das circunstâncias, e não queremos lhes crer, eles nos divertem, sabemos que lá no fundo capotam sem recursos, criamos muita resistência desde que sabemos que toda a linguagem mente. Fomos informados do pior, nele estamos instalados. Mas, para Roulin, a coisa não era tão simples; aquilo dava-lhe o que pensar, como fazemos quando não lemos nas entrelinhas, mas as próprias linhas; quando queremos acreditar apenas no que está escrito, quando se é funcionário dos Correios no fim do outro século. Portanto idilicamente em sua cozinha imagino-o apalpando cartas de Van Gogh, abrindo-as; palavra a palavra lendo-as, colocando bem diante dos olhos as coisas e os estados descritos: o hospital Saint-Paul, em Saint-Rémy; o quartinho com papel de parede cinza-esverdeado e duas cortinas verde-água; a loucura, que é uma doença como outra qualquer, por que não, de fato, dizemos que a varíola é uma, por mais estranho que pareça; e, do lado de fora, os campos de trigo. Quando o outro destrambelhava na metáfora, ele se encolhia um pouco, erguendo a cabeça, fixando por um momento o retrato de Gambetta, ou de Blanqui, e por que não de um mais vermelho, mais moço, fuzilado, Rossel ou Rigault, que ele não se eximia de ter na parede de sua cozinha: voltava a pensar que as belas-artes e a política são coisas complicadas; relaxava então, recobrava-se com uma risadinha feliz que fazia levantar a cabeça da mãe Roulin em seu canto e se aproveitava dessa atenção para dizer: "Ele parece melhor, retomando o gosto pela vida"; ou: "Apesar de tudo, fez dois quadros anteontem, mas o mistral o incomoda muito." Isso, quando não estava bêbado. Pois quando tinha bebido, então era culpa dos duques, do Tonquim e de Grévy, as canhoneiras de Rivière e a razão de Vincent haviam naufragado juntas no mesmo abismo fomentado sem trégua pela malignidade dos políticos; e chorava ao rever a rua nos confins de Arles na qual enveredavam pela manhã sob os plátanos, um para pintar e o outro para jogar conversa fora, quando a vida era menos cara e as pessoas, sãs de espírito, quando se vivia alhures. Recebeu então cartas de Saint-Rémy. Mas de Auvers, não, pois o barine na época corria desabalado para o seu fim, seu trenó sem mujique cavalgando para os charcos do início, os túmulos de Zundert, corria célere demais rumo à escuridão dos clarins amarelos para que ousasse agora, ou se dignasse, munir-se de esperança e então escrever. Por conseguinte, nada de carta de Auvers. Roulin no fim de um ano inquietou-se com aquele silêncio; no fim de dois ou cinco escreveu para Theo, que ele chamava de monsieur Gogh como atestam as cartas para ele enviadas: ele não sabia que os dois irmãos após haverem durante muito tempo guerreado com floretes acolchoados haviam terminado espetados no mesmo florete, e que Theo, o irmão caridoso, culpado e tirânico, não esperara três anos para acompanhar o irmão biruta, que era de certa forma o barine dele também, entupira-se de chumbo como o irmão e, como ele, estava deitado; ninguém responde de lá; então talvez ele tenha escrito a monsieur Paul, o gajeiro, o quebrador de pratos que ele conhecera igualmente em Arles, mas o endereço estava caduco, o quebrador de pratos estava quebrado como os outros, Paul Gauguin deitava-se mui suavemente na terra dos canacas, lá aonde nem nossas línguas nem nossas cartas chegam. Um dia finalmente suas cartas para Vincent foram devolvidas com um bilhete quero crer assinado por Adeline Ravoux; a filha do dono do hotel de Auvers que ele pintou em flor e toda em azul também, mas nos cobaltos e não nos da prússia como Roulin; a adorável Adeline que talvez ele tivesse desejado por último, uma vez que a tinha sob os olhos; cujo vestido azul talvez houvesse sido sua última visão, que carregou consigo, como se diz, pois decerto cuidou dele em uma mansarda durante os dois dias da agonia mais lastimável do mundo e a mais enfumaçada, quando ele queimou sem parar cachimbo atrás de cachimbo até a morte, como as testemunhas afirmam, e por cima desse tabagismo fúnebre o sol fustigava Auvers. Nessa carta, ela dizia: "monsieur Vincent suicidou-se quando estava hospedado em nossa casa"; não dizia: *nos campos de trigo*; não dizia: *sur le motif*.[1] Ela não sabia escrever o romance mais tarde tantas vezes escrito. Acrescentava que o haviam enterrado lá, em Auvers, e que Cavalheiros de Paris tinham comparecido.

Então um dia os trens barrigudos de Saint-Charles trouxeram essa carta, e bem na ponta do Paris-Lyon-Marseille ela caiu dentro da sacola. Roulin leu as palavras da moça; isso talvez fosse em abril de 93, quando o céu se desenrola do Estaque até Cassis e temos o espírito viçoso como as folhas dos plátanos; quando o dia se anuncia alvissareiro; era no Chez Jean-Marie ou no À la Demi-lune, o bistrô da Joliette ou do Panier onde se bebe o *blanc* da manhã. Diante de seu *blanc* ele leu aquelas palavras, tomou conhecimento daquela queda que não o espantou mais do que o fizera a de Badinguet em outros tempos, mas que o afligiu e talvez o tenha revoltado como em outros tempos também o revoltara a degringolada de rapazinhos desorganizados de lenços vermelhos, caindo aos magotes no muro do Père-Lachaise, sob as metralhadoras em Paris, que ele não conhecia. Que Vincent também tivesse absorvido chumbo não o espan-

---

[1] *Sur le motif*: literalmente "sobre o motivo", mais precisamente "na natureza", "diante da paisagem a ser pintada". (*N. do T.*)

tou. Pois seus espantos havia muito tempo que os tinha na pele e que não o deixavam, que os guardava bem escondidos sob os eflúvios do álcool e da rotina postal, assim como guardava a calvície sob o quepe, mas imutáveis e juvenis ainda, sem que o soubesse; sem que soubesse sequer que aquilo era o espanto, isto é, o vazio, o terror desse vazio e gosto por esse terror, pois ele pusera acima das convicções, das ideias, muretas como o absinto e o quepe. E desses espantos é hora de falar mais.

Nascera em Lambesc, não longe de Arles, em meados do século. Nunca estive por lá; dizem-me que hoje em dia é um desses lugares nulos onde desavisadamente paramos para comer uma pizza lívida perto de uma autoestrada, não vendo senão um céu de poeira, passantes num bulevar, um vago domo que reluz ao fundo e plátanos sem cabeça, nada. Isso provavelmente não mudou muito. Mas é um lugar presente nessa memória. É o lugar de sua infância, e ele deve ter largado por lá algumas lembranças de amêndoas surrupiadas, de casa em ruínas assombrada por pirralhos, de emoções fundadoras pouco notórias que não obstante uma vez ou várias, em uma só cabeça, misturaram-se à lembrança da silhueta viva, do furor e da barba ruiva de um homem tão maciçamente notório hoje em dia, e talvez por tão poucas razões, quanto as torres de Manhattan. Lá, em Lambesc, nada o espantou, o que não quer dizer nada, uma vez que ele era criança: o nome de Eugénie de Montijo, imperatriz, os desfiles de turcos, talvez os galos, o pai apertando a mãe bem juntinho, as grandes fachadas ocres oferecendo-se ao céu, os címbalos lá do alto sobre os véus arqueados que acompanham um carro fúnebre, tudo que é brutal e deleitoso. E tampouco ficou espantado por estar fadado a uma profissão menor, por ter que ganhar sua vida e um dia ter que perdê-la e por ter moralmente, galhardamente, que enfrentar isso. Chegou a época em que deixamos crescer a barba. Um tio talvez tenha servido de pistolão e ele entrou nos Correios, onde foi não apenas carteiro, como a lenda acredita e me apraz imaginá-lo, não pedestre, mas sedentário, mais propriamente intermediário, isto é, alguma coisa como supervisor dos entrepostos da correspondência que os trens despejam nas estações de Arles e Marselha.

Então, na época em que crescia a barba do jovem sátrapa, em que ele ainda estava pouco à vontade no grande dólmã e no quepe agaloado que realmente não haviam sido feitos à sua feição, aos seus gestos, que não eram ainda aquela segunda pele litúrgica que vemos nele, dalmática ou *pschent*, nos redutos sagrados de Boston ou Nova York, ele teve sua primeira estupefação (e, claro, foi a segunda, pois tivera aproximadamente na mesma época a surpresa do corpo das mulheres desvelado, sua aparição maciça, seu peso; isto, na saída de um baile em Lambesc, em Rognes ou Saint-Cannat, de noite sob uma árvore, quando, temendo, levantamos saias interminavelmente, ou num bordel, onde tudo se levanta e é oferecido de supetão, mas então treme-se menos; e isso não importa aqui, pois essa surpresa é de cada um. Tampouco são importantes o extremo abalo e a fissura da luz na alma, que desferem de uma vez por todas os primeiros címbalos da bebida, fortes e enlevados como os do céu: o que também é muito disseminado). Creio que o que o espantou, enquanto sua barba crescia e pouco a pouco seu corpo tornava-se um dólmã azul da prússia, foi a ideia da República, a eterna utopia republicana, seja qual for o nome que lhe deem; e se lhe houvessem perguntado o que nela o fascinara desde sua juventude, desde que tivera os meios ou a curiosidade de estudar um pouco e de pensar por si mesmo, ele nos teria respondido com os eternos argumentos do sans-culotte eterno; teria dito que queria simplesmente isto: que os homens convivessem sem maldade, sem a maldade que funda seu convívio, como se Caim fosse um conto da carochinha, como se as palavras e os dentes não fossem feitos para morder; que o valor do dinheiro não fosse o único visível, como se outros fossem visíveis, fossem sequer valores; que o pão em cada ponto da terra fosse todos os dias partido numa eucaristia perpétua, em que todos fossem messias e todos apóstolos, em que não houvesse Judas; que os últimos se tornassem os primeiros e o quepe dos Correios, uma coroa entre outras. Teria respondido isto e teria mentido. Pois o que amava nessa ideia e não podia admitir é que, por ela embriagado, ele pulava fora da lei, e, quando com seu passo pesado dirigia-se para o vagão postal, pesadamente abria sua porta e a destravava, disciplinadamente curvado recebia no ombro todo o peso das malas postais e caminhava sob este, havia nas proximidades, observando-o agir, um outro Roulin, folgazão, leviano, clandestino e preguiçoso, um príncipe Roulin cuja barba era perfumada e a juventude, eterna, com um dólmã azul-celeste com brandemburgos e o singelo quepe de oficial de marinha que os príncipes, por modéstia ou descontração, usam. E desse príncipe leviano que brincava nos ares quando ele próprio sofria, e explodia numa risada fresca quando espinafravam o carteiro, vituperava nos absintos e impecavelmente cuspia fogo quando soava uma *Marselhesa*, o mundo não queria saber; o mundo não o via; era proibido e invisível, incompreensível como a própria ideia de República talvez. Roulin gostava dessa proibição, desse principículo fora da lei que morava dentro dele. Crescera sob o Império, na época em que a República era efetivamente proibida; quando mais tarde ela se fez presente, instaurada de maneira autêntica e de certa forma compulsória, ele a decretou novamente não advinda, pois quando a tinham declarado, quando ela teve um presidente visível e uma bandeira visível, o príncipe Roulin permaneceu invisível; adiou-a portanto, transferiu-a para as calendas, provavelmente para a Grande Noite[2] com sua bandeira vermelha, sob a qual, enfim, patente, o príncipe pândego se manifestaria, abandonando ali os despojos do velho Roulin. Esse advento, pergunto-me se o carteiro Roulin realmente o desejava, pois ele mais que sabia que aquele príncipe alegre era um príncipe feroz; que se inclinava à vingança, e que acontecia de no fim de longos dias de humilhações ele aparecer na cozinha, ainda jovem mas não folgazão, comprido como um

---

[2] "Grande Noite": em francês "Grand Soir", expressão utilizada por comunistas e anarquistas para designar a derrubada do poder estabelecido e a instauração de uma nova sociedade. *(N. do T.)*

dia sem pão, pálido, romântico, contraído, vestir impecavelmente o grande chapéu de plumas negras de Fouquier-Tinville e, por cima da cabeça da mãe Roulin aflita que não o via mais, ler os nomes dos futuros expurgados. A República era uma coisa feroz: e que ele amasse aquela selvageria impecável, aquela promessa de plumas negras, de nomes a suprimir, eis sobretudo o que um dia escandalizara o bom e velho Roulin.

Como aquilo se deu, que figuras temerárias assumiu para se instalar, ele não é feiticeiro para adivinhar: a imagem de Gavroche não parava de se precipitar ou cair, a barricada alta e a pequena cocarda, dentro de um livro estropiado; o nome das Três Jornadas Gloriosas; as ditas heróicas, quando operários decididos rechaçavam a grande investida dos couraceiros, e, de pé, à noite, os uniformes brancos destes e a bandeira escarlate daqueles, face a face, arrepiados; a lembrança das aflições do pai, em quem talvez também um príncipe com plumas negras, quepe azul-celeste, reinasse; em brochuras, a aparição de camponios perplexos que tinham tido seu momento de principado entre dois expurgos, Anacharsis Cloots e talvez os outros, os Brutus entusiastas de 93, os advogados frenéticos, os quais tomava como proletários como ele. E, claro, um jovem blanquista de mãos brancas, talvez com a barba ruiva, um barine falido que num quarto singelo discorria febrilmente com palavras incompreensíveis a respeito de um incompreensível paraíso em que o sangue corria aos borbotões; e o jovem Roulin, que não ousava pedir explicações, opinava sensatamente, petrificado escutava aquela ferocidade ressoar longamente nele; e aquela ferocidade, a mesma provavelmente que o empurrava para o buraco branco do absinto, aquela raiva, ou aquele medo, concretizou-se, conquistou bandeira e canto, ganhou rosto, inscreveu-se no visível.

Isto, quanto à República. Esta sombra foi por muito tempo seu único conforto na recusa de ser Roulin, isto é, na aceitação de fingir ser Roulin; ela o vestiu todas as manhãs com o grande dólmã, empurrando-o sem cerimônia antes do dia para as malas postais e as espinafrações, mas como se não fosse ele.

O príncipe vadiava ou massacrava num canto do carteiro, que cumpria seu dever. Isso lhe proporcionou uma vida interior com a qual desposou e engravidou Augustine, bajulou e espinafrou Armand, Camille e Marcelle saídos de Augustine, teve uma hortinha onde amanhar alfaces. Isso lhe deu uma migalha de aparência, pois neste mundo não basta ser carteiro, ou chefe do entreposto, como se isso já não fosse de matar, convém igualmente ser um carteiro vermelho ou branco, ter ideias e aquele entreposto de acasos, poses e falas batidas que denominamos caráter; convêm essas filigranas para não beber sozinho seus absintos num bistrô dos confins de Arles, ser apontado com o dedo, cair na sarjeta. Isso, até que ele fez 47 anos e ganhou a aparência que a pintura lhe conhece. Portanto devemos pensar que ficou surpreso uma segunda vez.

Aconteceu talvez num bistrô, e mais precisamente no Café de la Gare, na praça Lamartine, na casa da mãe Ginoux, a bela hoteleira que foi pintada de touquinha de renda e xale preto, a mão sonhadora e lassa, o olho imperioso e lasso, pintada como poucas rainhas de Espanha o foram, como se sem tremer os grandes espanhóis tivessem descido para guiar a mão do ruivo; com a qual o hoteleiro também foi pintado junto ao bilhar vazio e comprido, sob os bicos de gás, no inferno, mais espectral que um rei de Espanha, imaterial, insone e branco; e foi naquele mesmo inferno ou porto seguro que o rei morto recebeu numa noite de outubro monsieur Paul, que acabava de encontrar monsieur Vincent, alforje no ombro e modos de gajeiro, monsieur Paul de quem tanto ouvira falar que o reconheceu; recebeu-o portanto, todo prosa de conduzi-lo, através dos grupos de *dormeurs petits*[3], para uma mesa no calor, e lhe serviu

---

[3] *Dormeurs petits*: literalmente "dorminhocos", porém aqui referindo-se aos bebedores de absinto, entorpecidos nas mesas. Mantivemos aqui a expressão usada em francês por Van Gogh; cf. *Cartas a Theo*, carta 533, de 8 de setembro de 1838; na edição brasileira disponível (L&PM, 1997), "pequenos vadios". (*N. do T.*)

um grogue com as delicadezas que só os viventes têm. Talvez tenha se dado ali, na praça da Igreja, que é também praça da República, que é abençoada a dois dedos pelo cristo maciço de Saint-Trophime, que Roulin desdenhava, onde flutuam as três cores, que Roulin não desdenhava; talvez tenha sido ali, ao meio-dia, por intermédio do zuavo, do arbi, que os conhecia por sua vez a ambos, que os pôs em presença sob o sol a pino e numa língua arrebatada, aproximativa, apresentou-os, sua enorme calça vermelha desfraldada entre os dois, que se olhavam. Aconteceu perto da usina de gás ou da ponte de Langlois, no modernismo dos altos fornos ou no arcaísmo da água que corre; ou ao longo dos inevitáveis e melancólicos Alyscamps. E aconteceu simplesmente na estação, no fim de uma escaldante tarde de junho ou julho, certa vez em que o carteiro estava de plantão, por exemplo na expedição, no entreposto da "remessa normal", quando, sentado num recinto sufocante, um tanto curvado ele olhava aqueles sapatos, cansado de ser Joseph Roulin e ter de arrastar aqueles enormes coturnos com aquele calor. Levantando a cabeça viu um cliente do outro lado do guichê à sua frente; estava sem o chapelão amarelo; não tinha a cabeça raspada, não gesticulava, não gaguejava; não parecia louco, era menor que as torres de Manhattan; tinha um sotaque, que não conhecemos, e a barba ruiva, que conhecemos; usava uma roupa azul barata, brim ou sarja. Queria enviar pela remessa normal a monsieur Théodore Van Gogh, residente em Paris, um embrulho comprido e cilíndrico, na verdade pesado, o qual entregou ao carteiro; no formulário, na rubrica "conteúdo expedido", escreveu que eram pinturas. O carteiro espantou-se que aquilo pudesse zanzar e deambular sem a moldura dourada de que é inseparável, que lhe dá dignidade e rigor. Então provavelmente conversaram, porque o carteiro estava curioso, porque julgava saber que a República, a verdadeira, não aquela que naquele momento usurpava as três cores para dominar o Tonquim e alimentar os jesuítas, mas a outra, a de que furtivamente era príncipe, amava as belas-artes e trabalharia no fito de que cada um nas belas-artes tivesse seu quinhão, extraindo de seu convívio um prazer puro e evidente como o absinto, em vez da vergonha de não entender bulhufas daquilo e não obstante fazer cara de entender; e porque Van Gogh, que não encontrava seu quinhão nem nas belas-artes nem em seus semelhantes, era de toda forma violentamente arrastado para ambos. Conversam então e se acham simpáticos, Roulin se levanta, saem, atravessam a praça Lamartine, que está todo amarela, e, em frente a uma casa ainda mais amarela, o mais baixo para, aponta-a para o outro que educadamente pasma, balança a cabeça, dá como um passo para entrar mas o primeiro o detém, ainda não terminou a arrumação, ainda não é possível tomar um trago ali; por um instante os dois não saem do lugar, hesitam, flutuando entre a terra chapiscada de amarelo e o céu de cobalto puro, as grande áreas da realidade defrontadas, maniqueístas, bizantinas; depois voltam a partir, ambos azul da prússia, Roulin mais espaçoso, mais visível, mais barbudo, e o outro ao seu lado a cabeça um pouco baixa, entrincheirado, atento, com alguma coisa de aristocrático no gesto quando belisca o bolso e segura com firmeza a gola do seu casaco de sarja, Roulin observa-o com o canto do olho, a manga agaloada do dólmã abre uma porta envidraçada, ele se apaga diante do outro, o artista, entre meu príncipe, e finalmente o barine com seu mujique estão em porto seguro, no inferno, sentam-se no Café da Gare entre as paredes de verdes e vermelhos defrontados, maniqueístas, velhos russos, naquela fornalha sorriem-se enquanto rodopiam seus olhos verdes para o balcãozinho verde Luís XV, bem ao fundo, atrás do qual há uma espécie de rainha de Espanha, uma arlesiana, sacam seus cachimbos, passam-se o fumo. Marie Ginoux serve-lhes canecas de cerveja.

Ei-los no dia seguinte face a face naquele ateliê da casa amarela a respeito do qual mais ninguém em vida pode nos dizer como era; e as paredes tampouco podem dizer alguma coisa: bombas americanas despejadas do puro cobalto as arrasaram em 1944. Mas sabemos pelos quadros que as paredes eram caiadas de branco, isto é, que Van Gogh as fazia com qualquer cor, e que as lajotas sob os pés eram vermelhas, pois as fazia vermelhas. Destarte, foi ali que Roulin tornou-se quadro, matéria um pouco menos mortal que a outra, naquela casinha atualmente invisível e tão conhecida quanto as torres de Manhattan; ou então havia sido na casa dele, do carteiro, atualmente desconhecida, secreta e recôndita na única lembrança inefável que podem ter as paredes, mas que sabemos que ficava entre as duas pontes da ferrovia, que portanto está lá, se os meteoros americanos também não a destruíram; nessa casa, situada entre as duas pontes da ferrovia, logo trepidante, proletária, enfumaçada, ou então na casa amarela aberta para loureiros-rosa, plátanos, a casa na qual apostara como não apostara desde Zundert, por ele apelidada de cooperativa dos artistas, de novo Salão dos Independentes, que ele varreu e caiou, onde irá lutar para transformar engradados em móveis e colocar quadros de girassóis e *chinoiseries* nas paredes para dar um toque de beleza, na mesinha de cabeceira uma jarrinha d'água e na parede uma toalhinha para dar um toque de limpeza, uma vez ao levantar os olhos para aquele canteiro de obras chorou de alegria enquanto comia uma colação com a mão e de pé, onde com os braços para os céus acolheu Gauguin, trabalhou com Gauguin, engalfinhou-se com Gauguin, para onde, enfim, voltou sozinho e bêbado na noite sem cigarras nem Messias do 24 de dezembro, decepou como sabemos a orelha e fez com ela o que sabemos, caiu finalmente nos cacos da jarra d'água e esquecido dormiu como do lado de fora dormiam os loureiros-rosa sem rosas, os plátanos negros, numa daquelas duas casas pintou um a um todos os membros daquela sagrada família proletária como a Outra, generosa e sofredora; a sagrada família que lhe dava geleias, vinho, as pequenas alegrias dominicais que impedem de morrer, recebia-o de braços abertos, talvez para espezinhar os vizinhos, com mais certeza porque o amava; e todos em contrapartida apareciam em pequenas telas de 15, dispersados longe de Arles pelas capitais do mundo, dados como exemplo aos vivos, não por causa das geleias oferecidas, por causa da pintura. Pintou Armand, que tinha 17 anos, que discutia com o pai, que preferia alistar-se, morrer a entrar para os Correios como o pai, passar ao largo de sua vida, juntar-se com brilho às grandes estradas deste mundo, que passam por toda parte neste mundo menos por Arles, partir; Armand Roulin, que tinha o queixo nédio, o nariz achatado do pai e já nos olhos, sobre as têmporas, o mesmo véu que o pai, o dos absintos e da revolta desperdiçada, inconformismo imaturo que também fracassou por causa do vento, das circunstâncias, que acabou bem mais tarde na Tunísia, *juiz de paz*, lá passando a achar que as estradas deste mundo passam por toda parte menos pela Tunísia, num pesadelo lá viveu suando o albornoz e jogando roleta-russa com o vento, e lá morreu, e isso não era um sonho, sem que seu retrato pendurado em Rotterdam sequer acusasse o golpe, ou escamasse uma fibra, ou, com mais razão ainda, desabasse em 24 de novembro de 1945; Armand-Joseph-Désiré, que foi orgulhoso e não tinha razões para sê-lo, mas que o ruivo fez muito digno, orgulhoso por todos os motivos, bem como escrupuloso com a etiqueta e a honra, de gravata branca e casaco amarelo-mimosa, efebo e antipático como um general de Império, elegante como um Manet, um milorde do Café d'Athènes, como um filho de Espanha; que Van Gogh fez muito digno mas à maneira de Van Gogh, isto é, empastelada e rutilante, rastaquera. Pintou também o pequeno infante, o pobre Camille que não passa de um limão mal-espremido encimado por um gorro de colegial, envolto no azul-rei, aspergido no púrpura de uma parede; e no púrpura, empastelado; e Augustine com a pequena Marcelle em seus braços, a trouxa de roupa suja nascida em julho, nascida do dorso de Roulin, que Roulin batizou sem padre e à sua maneira como fazem os republicanos, e uma outra vez Augustine sozinha, Roulin *née* Pellicot, *aquela que embala*, maciça, melodramática, velha como os caminhos, solitária cantarolando de sua isbá do fim de Arles para longínquos gajeiros, as mãos terrosas orando, mas a cabeça bem nítida e rutilante sobre dálias Véronèse, mil-flores, a mesma pastagem celeste de Abbacyr seu santo marido. E, com o energúmeno que os pintava, Armand falava do vasto mundo onde se esbaldaria quando tivesse deixado aquele buraco, Augustine falava de Armand, por cujo temperamento demonstrava preocupação, Camille não dizia nada e a pequena Marcelle erguida contra o futuro, apertando as mãozinhas, chorava. Mas quem mais ele pintou foi o pai, das maneiras que mencionei, com seus atributos, o quepe e a barba, os braços azuis, as têmporas afloradas pela embriaguez e a asa do anjo republicano como ausente e visível. E o pai, que nas sessões de pose não parava quieto, ia dar uma olhadela sobre o ombro de Vincent, caía na gargalhada ou fechava o cenho, agitado como um mujique, fatigante, o pai olhava aquele filho ruivo caído do céu pintá-lo, espantadíssimo.

O que o espantava não está nos livros. Esquisitices não eram peculiaridade de Vincent, ele tinha lido os jornais, sabia que o artista é um sujeito à parte; por sinal, ele próprio era peculiar, provavelmente turbulento com a vizinhança, passando por vermelho; portanto, o chapelão amarelo, as crises e o discurso floreado, estava tudo na ordem das coisas. Não era tampouco sua miséria, as mesmas gazetas lhe haviam revelado que lá pelos trinta o artista em geral é pobre, que isso soma ao seu vigor, à sua seriedade, intensifica o brilho de sua revanche quando ele enfim triunfa, dá-lhe consciência limpa e como um atestado de rigor; e depois a miséria sabemos o que é, sabemos como lidar com ela, enfeitiçá-la com pequenos sortilégios, as geleias, o vinho, o almoço de domingo; e se o artista em si obscuramente é um proletário, como afirmam as folhas mais vermelhas, então alimentá-lo é um ato piedoso. Não era por ter sido escolhido como modelo por um pintor de Paris, por que não ele, era igual a qualquer um. Tampouco era em si a pintura de Van Gogh, o resultado, em que Roulin via-se tornar-se outro, tolerante e dubitativo, reconhecia sua barba excessivamente verde ou anelada, aqui hirta como a justiça ao avesso, seu olho sátrapa ou santo e seu quepe, sempre vistoso: resumindo, não devia achar aquilo muito bonito, dizia-o ou, mais possivelmente, calava-o, porque tinha as ideias largas e monsieur Vincent sabia o que fazia. E, naturalmente, naquele holandês a maior parte do tempo delicado, cheio de atenções e gratidão, havia também um príncipe feroz que muito rápido o estrupício de príncipe que estava em Roulin percebera, talvez pela maneira como Vincent olhara para o meneio da mãe Ginoux trazendo-lhes as canecas de cerveja, pela maneira como sob suas palavras polidas às vezes ressoava uma ordem inflexível, pela maneira como sempre pintava: era apenas um príncipe mais agaloado, mais imperioso e mais bem-nascido que o de Roulin, diferente de um príncipe de carteiro, feito na medida para um homem que viajara e sabia várias línguas, um barine. E Roulin, que se apiedava de que tão violentos apetites estivessem encerrados em homem tão amplamente desfavorecido, Roulin conhecia aquilo à sua maneira, aceitava-o sem surpresa e, com um pouco de duplicidade, amava-o fraternalmente.

Vamos considerá-lo, Roulin, uma manhã de domingo em agosto, em companhia do energúmeno numa estradinha nos confins de Arles, quando este não estava pintando retratos, mas quando *sur le motif* ia preparar o trabalho de seus biógrafos, fazer o truque da liturgia solar, o face a face asteca com a fonte pura de luz; decerto não via nada de litúrgico ou asteca naquilo, mas de pictórico sim, e audaciosamente, uma vez que o que ele fazia, os próprios impressionistas não se atreviam muito a fazê-lo; e, quando ele usava o chapelão amarelo, era porque o sol agredia, Roulin nem eu víamos naquilo nada de sacrificial. Então é isto: ei-los bem longe na estrada de Tarascon, enveredam por uma grande gleba ondulante, um campo de trigo ou melões; incansavelmente as cigarras mascam o tempo e o espaço, pois já são 10 horas; Vincent teria podido muito bem viver sem Roulin, não se esforça nem para vê-lo nem para ouvi-lo, mas não o despacha, é um bom homem perto de quem se aquece quando não pinta; finca o cavalete, saca os três amarelos-cromo, aperta um dos tubos e o aplica, o pequeno drama mais uma vez titubeia e se esboça sobre uma tela de trinta para os biógrafos vindouros, os businessmen de Manhattan; Roulin sentou-se sob uma árvore, tendo talvez perto de si a cesta com a colação e a garrafa de Augustine, e olha. Primeiro tagarelou um pouquinho, em seguida se calou, pois o outro responde rangendo os dentes, fora de si e apressado, considerando aquele campo de melões e o magro monte das Alpilles lá embaixo como se todas as fêmeazinhas maquiadas da rua das Récollettes lá dançassem levantando as saias, se precipitassem em sua direção, o chamassem, o rechaçassem; Roulin observa a grande superfície até as Alpilles, 20 quilômetros pelo menos, e decerto não sabe quem a criou nem por quê, por que o trigo cresce ali e mais tarde amarelece, por que o sol, lá em cima, uma em cada duas vezes substitui as estrelas, mas sabe os nomes de quem vive naquelas quintas, que parentelas na sombra se subtraem ao sol e com a ajuda do sol fazem o trigo crescer; sabe quem construiu a mureta do cercado, quanto tempo é necessário para ir a pé a Montmajour, que se vê daqui; sabe que em Fontvieille, que não se vê e fica atrás de determinado cipreste, há um colégio republicano, que ele vê com bons olhos. As cigarras cantam mais alto, de árvore em árvore cobrem o mundo visível. E diante daquela superfície que podemos nomear, que está no cadastro, cujo trigo será equanimemente distribuído aos infelizes quando a verdadeira República houver consumado o mundo, Roulin observa agora aquele homem de compleição medíocre, de pé e ocupado, incompreensível, que não sabe os nomes daqueles lugares e que no local daqueles logradouros cadastrais aplica em uma tela de dimensão mediana densos amarelos, sumários azuis, um tecido de runas ilegíveis, mais desprestigiadas por Roulin que as colinas, mais desdenhosas para com ele que as Alpilles quando pisamos lá em cima e o meio-dia nos surpreende, sem uma árvore. Quero crer que mais uma vez ele se espantou; quero que aquilo que o espanta seja uma questão talvez tão grave, supérflua e mais opaca que a do futuro do gênero humano, que em sua língua pessoal ele chamava de República; a questão que não medrava em seu espírito e que provavelmente não alcançava as palavras, mas que o exaltava e enchia de uma grande piedade e devoção pelo pintor, é a seguinte: ele se perguntava que engrenagem mais perversa que o esbulho dos tabeliões sobre a República de 93, que esquisitice o fazia julgar que a pintura, e ela o era, uma ocupação humana como outra qualquer, que tem a tarefa de representar o que vemos como outras têm a missão de cultivar o trigo ou multiplicar o dinheiro, uma ocupação, portanto, que se aprende e se transmite, produz coisas visíveis que são destinadas a embelezar as casas dos ricos ou a ser colocadas nas igrejas para exaltarem as singelas almas dos filhos de Maria, nas repartições para atrair os jovens para a carreira, as armas, as Colônias, como e por que esse ofício útil e claro tornara-se aquela fenomenal anomalia, despótica, fadada a nada, vazia, aquele labor catastrófico que de ambas as margens de sua travessia entre um homem e o mundo rechaçava de um lado a carcaça do ruivo, faminto, sem honrarias, correndo para o hospício e sabendo disso, e de outro aquelas regiões informes à força de serem pensadas, aqueles rostos irreconhecíveis tanto talvez quisessem assemelhar-se ao homem, e aquele mundo resplandecente de aparências incontáveis, inabitáveis, astros escaldantes e águas para se afogar. Atrás do campo de melões, cavaleiros camargues passam a passo, caubóis pré-Hollywood; estão todos escuros com seus chapéus, suas espadas, pois o caminho é escuro sob os carvalhos; Van Gogh não os pinta, está no amarelo-cromo número três, o puro sol; transpira; Roulin, à sua maneira, repensa o enigma das belas-artes.

Convém dizer que Roulin estava bem servido: o que ele tinha sob os olhos era uma miragem mais intensa que a Grande Noite. Tinha diante de si, naqueles pequenos campos de melão, na mesa do domingo e nos gramados da praça Lamartine, uma espécie de abstração feita carne, a encarnação da teoria das belas-artes tal como os românticos a ruminaram, outras escolas refinaram, que nos é cara, um puro produto dos livros e que no entanto vivia e sofria; que houvera tão devotamente acreditado na teoria que se transformara em teoria, que estava quase à sua altura; que morria disso. E Roulin, que não conhecia a teoria, mas via sua encarnação indubitável, embasbacava-se com aquilo, pois aquilo não se via todos os dias; da mesma forma Sancho, diante do Cavaleiro de la Mancha, se fazia perguntas; e provavelmente diante da outra Encarnação, aquela cuja teoria tinha três mil anos de garrafa, cujas folhas tornavam-se corpos nos campos de melão da Judeia, cadastrados também e com nome, provavelmente os apóstolos eram basbaques iguais: pois ninguém é mais sensível ao livro feito homem, dizem, que os que não leem livros. E isso basta: Joseph Roulin, que não entendia nada de belas-artes e que em suma não achava a pintura de Van Gogh muito bonita, entenderia tudo se houvesse percebido que as artes daquele fim de século, a arte, como se diz, acrescenta à opacidade do mundo e agita até a morte seus mui crédulos servidores, numa dança violenta, talvez frenética, feroz, cujo sentido se ausenta.

Eis por que diante de seu copo de *blanc*, num bistrô da Joliette, Roulin não ficou espantado ao ler estas palavras, numa caligrafia indecisa de rapariga: "monsieur Vincent se suicidou quando estava em nossa casa". Mas então não foi na pintura que pensou, na encarnação de uma teoria, naquelas pomposas lenga-lengas em que não obstante confusamente acreditava, nas quais todos acreditamos. Pensou no sotaque de um cliente na estação de Arles numa tarde de junho, em toalhas brancas no restaurante Carrel, em *aïolis*, na risada de Vincent quando ele cantava a *Marselhesa* à sobremesa; pensou que depois do episódio da orelha não lhe haviam permitido, a ele, Roulin, entrar imediatamente no quarto do hospital, mas que Augustine lhe dera permissão, e ele, que esperava no corredor, a vira sair chorando; pensava talvez nesta frase da carta que escreveu no dia seguinte para monsieur Gogh: "Ontem, quinta-feira, minha esposa foi visitá-lo e ele escondeu o rosto quando a viu voltando." Pois nessas histórias de arte não deixa de haver derradeiros pudores de criançonas ruivas.

Voltemos um último olhar para Arles através dos dedos de Van Gogh, que ele enfia no rosto quando mais uma vez falhou num quadro, quando acorda em 25 de dezembro e vê os policiais, a toalhinha suja de sangue, a jarra d'água espatifada, quando vê entrar ali a mãe Roulin, que não obstante ele pintou. Olhemos para Arles, onde está a pontezinha de Langlois tão sutil e azul, um céu mais azul; *vaqueros*; zuavos; um número do *Forum Républicain* em cuja terceira página lê-se que um Estrangeiro cortou a própria orelha e a levou para uma puta; uma petição deixada na prefeitura, assinada por uma vizinhança que quer confinar um homem que não está em seu juízo perfeito, na qual espero com todas as minhas forças que o nome de Ginoux, o da rainha de Espanha, não figure; campos de trigo ou de melões e um sol venerando e infalível. Partimos. Não deixemos a Europa, como logo irá fazê-lo Armand Roulin, e permaneçamos nesta terra que Van Gogh já desertou. Vamos a Marselha, com o grande dólmã e o quepe dos Correios, atrás de um corpo que envelhece.

Marselha está mais próxima do Sol que Arles. Van Gogh, que nunca pensou mais longe que Roma, que era excessivamente modesto ou bárbaro para pensar tão grande, Van Gogh pensou muito em Marselha, quando vivo; não sei que romance bordara a propósito dessa imaginária Meca dos artistas, como ele dizia, provavelmente foi o único de todos os artistas a pensar assim, tudo isso porque lá vivera e morrera, perdido por arrogância, miséria e absinto, o pintor Monticelli, que ele colocava muito alto, ao lado de Rembrandt, Rubens, Delacroix, Monticelli cujas telas eu não saberia julgar, mas acerca das quais me dizem que não são tão feias; só que, este, o ouro de Manhattan não salvou, em alguma lápide provençal à sombra os turistas leem seu nome, que não lhes diz nada, está perdido: não era suficientemente ruivo talvez, não teve a amizade de Pissarro, de Seurat, os cosmopolitas, e depois falta-lhe o tiro de browning *sur le motif* e a síndrome psiquiátrica avassaladora; ou, se Deus não nos abandonou, não sabia pintar uma hoteleira como rainha de Espanha nem num campo de trigo os primeiros versículos do primeiro livro, quando a luz brota. Portanto, Van Gogh queria ir a Marselha com Gauguin, e teriam ido se dois meses depois na casa amarela não tivessem saído no tapa por causa do vento e das circunstâncias, cebolas malcozidas ou seus severos e respectivos fracassos; e na Canebière teriam desfilado bem-vestidos, em imagens de Épinal e engalanados como Vincent escreveu a Theo, amplo chapéu amarelo, não o de palha mas algum *stetson*, paletó de veludo preto e calça branca, luvas amarelas, com uma bengala de junco e uma distinção meridional; e quem sabe se isso não passa de uma imagem de Épinal, se não convém sorrir diante dela, quem sabe se Van Gogh rico não teria sido elegante como Manet, cioso da etiqueta como ele. Mas não foi; e *post mortem* delegou Roulin para lá.

Grandes castelos de lona ainda entram no Vieux Port nessa época, e isso ainda em vida de Melville; há gajeiros e provisões, enormes ambições, facadas; o mar se abre para além do cais da Joliette, e bem em frente, do outro lado, é o Egito, de onde vieram as artes e os negociantes, a peste, onde há torres tão altas quanto as de Manhattan, tendo em seus subsolos trancafiados reis em cinzas no ouro, ouro, como em toda parte sob as torres. Não é nisso que pensa Roulin, eventualmente instalado no Vieux Port, considerando um daqueles pontos pelos quais o mundo passa em sua integralidade, domingo ou de manhã cedinho durante a semana; pensa em Armand, que está do outro lado no mesmo mar e espreme albornozes para deles extrair ouro; pensa talvez nos amanhãs radiantes do proletariado de Valparaíso, de Alexandria, do Pireu, que desembarca sob seus olhos e em todas as línguas mercadorias de todo tipo, talvez até mesmo quadros, a sagrada mercadoria; e o príncipe Roulin, agaloado como um oficial do Montenegro, mas invisível, comove-se, sempre jovem em Roulin que não o é mais. Depois vira as costas para essa agitação e encaminha-se para os plátanos, há ostreiras de 19 anos sob as folhas, ele rumina que o tempo das cerejas está chegando, aperta o passo; pois não é lá que ele trabalha: é na estação, onde outras mercadorias borboleteiam, porém com mais intensidade a sagrada mercadoria enrolada que ele enviava a Theo, a estação que talvez nessa época já fosse Saint-Charles, no topo de suas intermináveis escadarias; e ele sofre para subi-las.

Após a carta da pequena Ravoux, durante dez anos ou mais ele não teve notícias de Van Gogh. Não as esperava. Mas em sua cozinha, de onde Armand desaparecera para ir para as Colônias, de gravata branca e casaco amarelo assim como o vemos em todas as suas idades, a cozinha que fora desertada também por Camille, triste limão mal espremido que entretanto as Messageries Maritimes haviam aceitado em seu seio e pagavam regiamente todos os meses para que trabalhasse com outros limões mal espremidos num insípido entreposto de Toulon ou Cassis, a mesma cozinha, onde o rapaz crispado enchapelado à la Fouquier aparecia sozinho para Roulin, e outros dias folgazão com o gorro azul-celeste, a cozinha também, onde ficava no meio das pernas deles e sob seus olhos a pequena Marcelle, há menos de dois meses forte e preparada para o futuro, já erodida, bem-comportada, em sua cozinha portanto, talvez amarfanhada com papel barato Véronèse com grandes dálias, pastagem celeste, o mujique e sua *baba* falavam de Vincent. Nos jornais, por exemplo, noticiava-se a abertura do Salão, e eles se lembravam de como ele teria ficado orgulhoso de estar lá, o idiota: para tanto, precisaria ter alugado cartola e fraque, e riam imaginando-o assim paramentado, embarcando no trem de Paris; ou então Augustine ao fazer uma arrumação encontrava uma carta, era de monsieur Gogh ou de monsieur Paul, era de antes de ele ter desmiolado ou mesmo de quando já desmiolara, não concordavam quanto a esse ponto. Ainda discutiam um pouco a respeito. A mãe Roulin apiedava-se, balançava lentamente a cabeça com convicção, e Roulin, que não escutava mais senão pela metade, revia toda aquela força desperdiçada para nada nos campos de Arles, lançada ao vento, violenta e sem maiores consequências que uma passagem de vaqueiros montados, na sombra de carvalhos, ao meio-dia. Perguntavam-se o que fora feito de seus quadros, que não eram muito bonitos, que haviam custado tanto sofrimento; e tanto sofrimento pelo menos na terra deles era um pouco remunerado, um de seus quadros pelo menos tinha sido desenrolado e estava emoldurado numa bela moldura dourada com grandes relevos que eles mesmos tinham escolhido, uma de todas aquelas coisas furiosamente lançadas ao vento estava pendurada e alguns olhos no mundo a viam como se veem no Salão as grandes obras dos grandes pintores, e isto era na casa deles, em sua cozinha, entre o retrato em cromo de Blanqui e a gaiola do passarinho falante, melro ou estorninho, que talvez pronunciasse os nomes de Anacharsis Cloots e de Vincent Van Gogh. Tolerantes e dubitativos, comovidos, volviam os olhos para aquele quadro, do qual voltarei a falar, e o observavam por um instante. Já era hora do jantar, e eles jantavam, e inclusive provavelmente mais de uma vez sob as duas espécies vincentianas da batata-doce amarela e do café preto, vincentianas da primeira fase de Vincent, que Roulin não conhecia; mas a terceira espécie, *a branca*, também chamada de verde, infernal e solar, amarelo-cromo número três, apenas Joseph saboreava antes de comer.

É que Roulin continua a beber; mas a coisa não funciona mais como antes. Não propicia mais aquele corpo violento, volitivo, que a mocidade como fora de si mesma suscita, pura glória feita carne, Augustine está muito velha, e até mesmo as pequenas ostreiras, com seus olhares de esguelha e seus braços brancos, se por acaso ou cegamente nos tomassem por sátrapas, em vão avançaríamos a mão para elas: entretanto olhamos para elas com os mesmos olhos que tínhamos em Lambesc, e seus corpos são os mesmos, pesados, prodigiosos. Parece que todos os amigos com quem você bebeu mudaram, tornaram-se desatentos, indelicados, não se dignam mais a ver que sob o quepe dos Correios uma espécie de príncipe canta e defende pontos de vista inteligentes, aliás talvez o príncipe fale menos espontaneamente. Há muitas coisas no mundo que o carteiro não compreendeu, e ele sabe que não mais as compreenderá, que o príncipe portanto não as dirá. E nas noites de 14 de julho iniciadas apesar disso no bom humor, seu uniforme novo nos trinques, entre os clarins e as três cores, os zuavos e os turcos, o céu azul, nas noites de tomada da Bastilha não tomamos nada e acabamos sozinhos em uma mesa num bistrô perto do porto, tendo diante de nós o mar escuro, os amigos que nos abandonaram às nossas caduquices, os jovens malvados que nos observam e riem com as ostreiras, a espuma que escorre pela barba e o uniforme novo que manchamos, e, quando com raiva nos levantamos, empurramos a cadeira e ela cai, não é mais revolta, não é adiantamento em cima da República vindoura, é a própria República que cai nessa cadeira que olhamos com estupor e alguma coisa como lágrimas, derradeiras mas que não obstante assemelham-se à felicidade, à República deliciosamente perdida, desmoronada ali, no passado; quando voltamos depois da meia-noite somos um velho bêbado, e numa rua escura onde recuperamos o fôlego vemos os fogos de artifício espocarem repentinamente lá no alto como dálias de Vincent, sejam quais forem as mãos que as colham, o rebanho celestial que as paste, então enfraquecemos, como uma mulher do povo nos dizemos que Vincent está no céu. Falamos com ele.

Um dia, como era de esperar, Van Gogh retornou. Não foi do fundo das trevas.

É noite. Roulin tem uma hortinha bem longe de casa, num subúrbio emaranhado de tomates e sisal, na direção do Estaque ou de Cassis; volta de lá para comer e começa a subir a rua, a rua Trigance, por exemplo, rumo à Vieille Charité; está de costas, cansado, alguma coisa na mão, alhos-porós ou chicórias, ainda alto, mas bem mais curvado do que na época em que cansava o energúmeno com suas cabriolas de mujique nos confins de Arles. Um rapaz que parou por ali, numa birosca ou debaixo de um caramanchão, observa-o vir e seu rosto se ilumina como se o reconhecesse. Entretanto, Roulin nunca viu aquele cidadão. O fulano vem em sua direção, usa um casaco amarelo e bigodinho, mas não é Armand, tem na cabeça a inevitável cartola, íngreme; traz aquele chapéu na mão com um curioso respeito, diz algumas palavras ao carteiro e não vemos nesse momento o olho do carteiro, mas compreendemos muito bem que uma chama tremeluzente dança nele, pois todos os seus ombros aprumam-se sem cansaço e alguma coisa de exclamativo, de alegre, levanta um pouco seus braços, abre suas mãos; aponta para sua casa mais acima, mas o outro sabe, percorrem juntos o fim de rua que lhes resta, o elegante continua com o chapéu na mão, Roulin guardou o quepe, apaga-se diante da porta, entre meu príncipe, o rapaz sobe a escada, ei-lo no sobrado. Ei-los na cozinha.

Quero ver e ouvir sua primeira conversa, nesta cozinha verdadeiramente visitada e pela primeira vez tocada por outros olhos que não os dos colegas dos Correios, velhos vermelhos saudosos da Comuna que aqui vêm se lembrar, maldizer, ou ainda os olhos das vizinhas da mãe Roulin, jovens álacres ou velhinhas com quem ela faz a feira; vista como vemos a cozinha dos Roulin não porque gostemos dos Roulin, os desprezemos ou invejemos, ou porque queiramos presentemente lhes falar e gozar de sua companhia, mas com o velho olhar embaciado e ausente do filho pródigo que retorna depois de dez anos, depois que mudamos, e que calcula que esse aparador já devia estar ali, esse cromo também, embora não nos lembremos dele, pois está amarelado e danificado, mas não essa gaiola de ave falante novinha em folha; e não essa ave; e isso Roulin compreende, rigorosamente; mas vista também, sua cozinha, como de baixo consideramos alguma coisa enorme e muito velha, as pirâmides do Egito, e então Roulin não compreende mais. Isso não importa: pois o que ele vê claramente, o que reconhece com um deslumbramento e uma alegria extremos, o que não vira há tanto tempo que às vezes pensava ter sonhado, é a forma como o rapaz plantou-se diante do seu retrato — o que o representa como Nepomuceno nos campos celestes, o que Vincent lhe deu, é hora de dizê-lo, embora isso pouco importe; plantou-se portanto e, o chapéu preto seguro com firmeza nas mãos à frente, inabalável, os ombros bem retos como em posição de sentido diante de um oficial agaloado que não conseguiríamos ver, permanece ali de pé, como na cabeceira de um morto, tendo entretanto nos lábios, nos olhos, uma tensão aplicada e feroz, como se sobre aquela pequena superfície emoldurada houvesse ao mesmo tempo 20 quilômetros de campos até as Alpilles, logo, o fim do mundo, e ali bem perto ao mesmo tempo uma linda mulher sem pudor, chamando, que vai sair da moldura e da cabeça aos pés ser apalpada; e nada ali de tolerante nem dubitativo, mas uma intolerância desvairada e uma certeza igual, como quando escutávamos falar o finado Gambetta, como quando queremos uma mulher: era assim que monsieur Paul olhava os quadros, era assim que monsieur Vincent olhava os quadros de monsieur Paul. Isso ainda existe. Roulin sente vontade de pular, falar muito, mas não o faz, sabe muito bem que é maçante, e depois mal conhece esse rapaz. Eis que chega a mãe Roulin que estava nas compras; o elegante parece reconhecê-la também, escusado dizer por quê; e antes que tenha conseguido dizer três palavras com o busto ligeiramente arqueado como se faz em sociedade, a cartola secamente nas mãos, unida ao corpo, Roulin é solícito: "Ele se interessa por monsieur Vincent"; e com mais exaltação: "Ele viu nossos retratos em Paris."

Oferecem-lhe alguma coisa. Ei-los todos os três em volta dessa mesa, onde há uma cartola reluzente e alhos-porós terrosos e em dois dos três copos o tipo amarelo-cromo número três, que desata as línguas. Todos falam, pois esse rapaz distinto é bastante loquaz à sua maneira, como seus hóspedes. Vem de Arles, onde conseguiu o endereço deles, onde viu gente, Marie Ginoux e o doutor Rey, mas não o zuavo, não, por intermédio do arbi, não sabia que Van Gogh e ele eram amigos, aliás ele talvez esteja no Tonquim, o desventurado, ou no fundo do Yang-tse, nas canhoneiras mortas; foi a Saint-Rémy também, e antes a Auvers, viu o último quarto no qual sabe que um cachimbo queimou até a morte, disse para eles; depois irá a Zundert; e agora ei-lo em Marselha: uma espécie de peregrinação em suma. Não, não é parente de Vincent; é que Vincent, diz ele, está em vias de se tornar um imenso pintor, agora. Os rostos se iluminam, comenta-se longamente. E monsieur Paul? monsieur Paul também, mas ninguém sabe onde ele está, nas ilhas Marquesas, mais longe que o Tonquim, nem desconfia que está se tornando um grande pintor. Então ele está nas colônias, como Armand. A cozinha está quase na penumbra, não que já seja completamente noite, pois é verão, mas tudo que resta de sol é detido pela massa imensa da Vieille Charité, o ex-hospital geral que agora serve de caserna, bem defronte. O carteiro não diz mais nada por um instante; as belas-artes são coisas complicadas e inesperadas, há muito tempo sabe disso; está profundamente feliz, pode se calar; há um clarim em algum lugar na Vieille Charité; a ave falante em sua gaiola se eriça, se inquieta, diz metades de palavras humanas incompreensíveis; em Arles provavelmente Ginoux acende os bicos do seu bar, Marie Ginoux desceu até a sala, lentamente, maquiada, e ali embaixo ela reina, mais velha e mais bonita, seu xale é preto como os vaqueiros que se afastam no campo, onde da grande plantação ceifada o lavrador partiu; na diligência de Tarascon que vai muito rápido, e como está atrasada esta noite, vai esmagar alguém, sequer para, por trás das cortinas puxadas, impassível nos consideráveis solavancos, sem ver as moças de três francos embaixo da rua des Récollettes, na praça Lamartine sem ver a casa amarela, sem ver nada entre as duas pontes da ferrovia, sem ver as oliveiras, tampouco os ciprestes, sem ver os basbaques campestres que se juntam espantados, nem a lua que nasceu, nem a ponte de Langlois que a posta atravessa com a barriga no chão e faz tremer, olhando fixamente o negrume por trás das cortinas puxadas, o barine morto, o czar, passando. Como na Ginoux, a mãe Roulin acende um bico, uma lamparina que coloca na mesa. A barba de Joseph aparece plenamente, assíria como antes, mas mais branca, com um amarelo perceptível ainda nos bigodes, ali por onde o tabaco e os álcoois entram. Sorri suavemente; diz: "Então o senhor também, é a pintura." O outro fita-o por um instante, com muita simpatia e diversão; hesita um pouco; diz finalmente que ele também, pois é. Põe o chapéu, usa um anel, uma pedra rica que observamos melhor ao gás que de dia, não quer jantar. Voltará, sim.

Deixemos esse rapaz afastar-se. Ele volta a descer em grandes passadas para o cais, onde deixou cocheiro e coche, pois as vielas são muito estreitas; como o vento está soprando, usa a mão para o chapéu não voar; provavelmente cruza com gajeiros, ostreiras subindo; o mar exala intensamente, tudo isso regozija seu coração e leva ao auge outras alegrias; pula no coche, break ou cab, e arranca sem demora: não podia ficar para jantar realmente, está com o tempo contado, quer chegar aquela noite mesmo a Aix, por que não, pois lá há um outro pintor a ser visitado amanhã, uma outra mitologia ascendente, mas é alguém bem vivo, não se dedicou à altíssima nota amarela nem ao browning este último, está muito saudável e soube conduzir seu barco esperando sua hora. Vai ser preciso jogar pesado. Pouco importa. O cabriolé desliza pelos campos, sob a lua e por trás das cortinas puxadas ele olha diante de si na escuridão onde muito nitidamente imagina exposições fabulosas para aquele outono, vendas em Nova York e uma completa reviravolta nos valores do que é pintado, de que é um dos artífices, não dos menores. Vê também o carteiro, o sátrapa e o beberrão recentemente exibidos nas coleções parisienses, e o outro, o santo Nepomuceno ou Crisóstomo flanqueado pela ave falante e pelo Blanqui em cromo, que acaba de descobrir. Terá aquele quadro. Ergue um canto da cortina, estamos na direção de Gardanne, a lua gira; e na escuridão que está de volta ele vê de repente Joseph Roulin com seus alhos-porós, sua barba branca, sua solicitude. Pensa nisso até Aix.

Roulin tampouco dorme. A lamparina arde sobre a mesa. Augustine dorme e o estorninho também: vê-se apenas a cristazinha violenta, amarela, sobre aquela massa franzina e fechada como um punho preto. Então era aquilo um grande pintor; alguém cujos quadros devem ser vistos por todo mundo porque bizarramente, por mais opacos que pareçam, tornam as coisas mais claras, mas fáceis de compreender; alguém que enfim poderia ter sido rico, pois aqueles trecos alcançam preços exorbitantes. E, claro, Roulin se pergunta quem decidiu que ele era um grande pintor, pois aquilo não parecia estar decidido na época de Arles, e como se deu aquela transformação. Olha para o seu retrato emoldurado, a lamparina esbate um pouco as cores, mas veem-se claramente as grandes dálias e aquele largo rosto claro que foi o seu. Está com os dois braços à frente sobre a mesa, as mangas agaloadas, como se fosse preciso estar fantasiado de marechal para carregar sacolas de cartas. Olha impassível. Não se ouve nada do lado de fora. Vincent está sentado ao lado dele e poderia vê-lo dando um relance, mas para quê, usa um panamá e luvas amarelas, elegante como Manet, está extremamente calmo, rejuvenescido, a barba bem-aparada, finalmente conseguiu que lhe implantassem um aparelho para substituir seus dentes perdidos, e sua orelha, terá crescido de novo, ou não, será antes um daqueles nacos de carne mais verdadeiros que a carne fabricada nos Estados Unidos, em papel machê ou couro pintado, e, importantíssimo, acabou aquele olho minucioso, aquela boca tirânica, desistiu da grande ira, está relaxado e tranquilo, tem certezas auspiciosas e certamente nesse caminho de certeza continua pintando, e melhor, mais lentamente, mais magistralmente, num grande ateliê claro em Paris nos bairros respeitáveis, e se você vai visitá-lo é uma linda mulher que o faz entrar e sentar, mais linda que Marie Ginoux e mais jovem, mas real também, e ela lhe diz amavelmente que Vincent está trabalhando, que é preciso esperar um pouco, lhe oferece jornais, um copo. Esperamos, estamos felizes que as coisas tenham dado certo e que tenha sido esquecida a labuta catastrófica que devastava não-sei-quê nos confins de Arles, a labuta lançada ao vento, maligna como o raio, que depois de sua passagem deixava Vincent aturdido diante de um quadro em que não havia senão uma paisagem em hebraico. Agora, parece que não é mais hebraico para todo mundo. Roulin tirou o quepe, não tem ninguém aqui para ver que está calvo, e aliás nesse momento está inclusive se lixando para isso: por uma vez a espécie de príncipe não borboleteia fora de si, está integralmente em si; não se revolta, não finge ser Roulin, está feliz em ser aquele Joseph Roulin que viu um milagre, a transformação de Vincent num grande pintor; e não resta dúvida de que verá também a Grande Noite, que é uma sorte grande fácil de tirar, piadas à parte. Irá voltar-se para Vincent? Não, nada têm a se dizer. Calmamente então consideram aquele quadro pintado em outros tempos; e Roulin, no fim das contas, o acha quase bonito. As dálias desabrocham. Da enorme massa da Vieille Charité, o que ouvimos de peremptório num pequeno clarim talvez já seja toque de alvorada. Sem olhar para a cadeira ao lado, Roulin apaga a lamparina, o estorninho perturbado se agita, como em sonho diz um nome. O velho vai se deitar.

Nos dias que se seguem, enquanto o rapaz discutira asperamente com um outro velho barbudo mais irascível o preço de quadros claros, montanhas ou retratos, Roulin pensou muito nele. Imaginou-o em Arles quando ele passara por lá, Arles, aonde não voltara a pôr os pés; talvez Ginoux o houvesse de certa forma reconhecido também, o houvesse orgulhosamente conduzido através dos grupos de *dormeurs petits* para uma mesa aquecida, sorridente e disponível sob seus bicos do inferno; e Marie, que entretanto não devia mais ser tão jovem, houvesse feito um meneio ao lhe servir uma caneca de cerveja: pois ele estava sedutor; e porque reconhecemos uma pessoa que tem intimidade com a pintura. Mas ele devia ter jantado num bom restaurante, não a gosma do Carrel, e não terminara sua noite com as garotas de três francos, na rua des Récollettes, de onde certamente a pequena Rachel, que outrora ganhara de presente de Natal uma orelha, desaparecera, carregada pela varíola, a velhice, que as ataca cedo, ou algum velho ricaço, se a orelha lhe houvesse trazido sorte; não, aquele ali não fazia seu gênero, aliás em Paris ele tinha uma mulher mais bonita, talvez várias. Entretanto aquele capitalista observava os quadros como Vincent; Roulin imaginava que os dois podiam ter fugido; e podia vê-los saindo da casa amarela após uma conversa calorosa, histórias de amarelos-cromo, o elegante e o biruta, a cartola e o chapelão, ainda conversando animadamente na soleira e partindo *sur le motif* para comprovar o que diziam. Devia ser pintor ele também, não dissera exatamente. Um pintor, mais um. Tudo isso rejuvenescia o carteiro, dava-lhe pernas sem que precisasse recorrer ao absinto. Ia passear aquela juventude no porto, ali contemplava o mar, o velho Poseidon, barbudo também e *enchapelado de azul* como ele o era de azul da prússia, porém, em vez de Poseidon, Roulin dava-lhe o nome de cargueiros da Companhia Mista, quando estes entram com todas as velas desfraldadas, ou os nomes mais precisos dos paquetes com âncora, nomes de generais mortos ou mulheres, que ele conseguia ler nos cascos; bem como o nome das ilhas do Pacífico onde monsieur Paul se encontrava, não como ele o julgara por muito tempo, um pilantra um tanto ríspido que se comportava mal à mesa, mas um grande pintor cujo convívio honrara-o. Com esses pensamentos, o mar rejuvenescia, fazia-se mais vistoso. E para esse mesmo porto oito ou dez dias mais tarde o parisiense voltou, num fim de manhã, parou ali cocheiro e coche com várias *Sainte-Victoire* enchendo sua arca e muito galhardamente, de muito bom humor, adentrou a Trigance.

Houve o mesmo cerimonial em torno do rapaz sempre amável e divertido. Ele trouxera alguma coisa para a mãe Roulin, um buquê de flores provavelmente, menos celestial que as dálias de Vincent e menos virulento que seus girassóis, delicado como seus lírios, lírios que Augustine logo arrumou; e para Roulin uma garrafa às escondidas. Mais uma vez falou-se de Vincent em vida, mas já haviam esgotado o assunto, não havia mais muito a dizer. O rapaz se calou; acariciava a seda da cartola à sua frente e era absorvido por aquele impecável brilho. Levantou a cabeça e muito educadamente, mas sem gracejos, pediu que os Roulin lhe vendessem o quadro que possuíam. O valor oferecido lhes pareceu milagroso, vários meses de salário nos Correios. Devia ser meio-dia, o sol brilhava defronte na Vieille Charité como num flanco de pirâmide; o estorninho em plena forma assobiava trechos da *Marselhesa*. Não era um pintor, era um marchand; Roulin não saberia dizer se estava decepcionado; pensou numa pequena gleba que outrora cobiçara em Arles; pensou em revanches ferozes, no que lhe devia o mundo, que o empurrara para o buraco branco do absinto e interminavelmente o via nele terminar; viu Van Gogh sair de cartola, ele também, da casa amarela, imperiosamente fazer sinal para o cocheiro, imperiosamente debandar; teve também a generosa ideia de um busto em bronze de Vincent que funcionários inauguram, na praça Lamartine ou na ponte de Langlois, e ele, Roulin, estava na primeira fila entre os funcionários, era ele quem puxava a lona e exumava aquele pequeno bronze sob o céu de Arles. Olhou para Augustine, disse que era difícil, que era uma lembrança e era errado vendê-la; enfim, que pensaria. Dessa vez, o rapaz ficou para almoçar. Diante da garrafa revelada, o carteiro tentou saber por que Vincent era um grande pintor, e o outro explicou como pôde o que ele próprio não sabia, o que ninguém sabia, e Roulin então, que aquiescia profundamente, não avançou muito. O dândi falou de sua profissão, dos americanos que sabem o que é belo e com seus dólares o atestam, quadros de Vincent e Gauguin que já subiam para o céu nas torres de Manhattan, mais altas e sagradas que Notre-Dame de la Garde; era para lá então que iam no fim das contas os rolos colocados na "remessa normal" em Arles em 88; talvez a única ocasião em que Roulin riu da esperteza dos capitalistas. E novamente o parisiense acariciou a cabeça da pequena Marcelle, apertou o ombro de Roulin e partiu dizendo que voltaria mais tarde, quando eles tivessem pensado, amável, direto, jovial, e Roulin pela janela observou-o descer a rua Trigance no sol a pino, de casaco amarelo e calça clara, o uniforme básico de *déjeuner sur l'herbe*, mas o que Roulin observou mais longamente em meio às ostreiras de lenço no pescoço, pompons de marinheiros, bordéis, o que viu magistralmente tremeluzir até o fim foi a cartola, a mitra preta que atrai a luz pura, espirala-a, armazena-a, abrupta como as torres de Manhattan.

 O velho pensou.

 Tentou imaginar o que Vincent teria dito. Lembrou-se, talvez palavra por palavra, do que escrevera a Theo em fevereiro de 88, após estar com Vincent pela última vez sem saber que era a última: "Quando me despedi dele, eu disse que ainda viria visitá-lo, ele me respondeu que nos veríamos lá em cima e pelo jeito dele compreendi que era uma prece." Roulin, que não tinha o hábito de rezar, pensou que naquela última prece o outro talvez pedisse para rever mais uma vez Zundert, onde nascera; para que quando ele morresse Theo fosse avisado a tempo de pagar o caixão; para que não esquecessem completamente seu trabalho, por empastelado que fosse, e para que mais tarde pelo menos um jovem pintor, exaltado e malfadado, o admirasse como ele o fizera, ele, com Monticelli, uma vez que não era Rembrandt; talvez tenha se atrevido a pedir para que lá em cima fizessem um milagre e que, aos olhos de uns poucos, ele passasse por Rembrandt. Pediu para que seus quadros fossem admirados por quem soubesse admirá-los. Mas claro que não rezou a Deus para que o retrato de Roulin, dado a Roulin, ficasse para sempre na cozinha dos Roulin.

Este calculou todo aquele dinheiro oferecido. Tinha uma hortinha, os filhos estavam crescidos; no que se referia a encher a cara, o preço do pileque não demorou a se estabilizar, o salário era suficiente. E que podemos comprar? Tudo, quando se aprendeu; não era o seu caso. Viu um casarão no Cours Belsunce ou nas Allées de Meilhan, atrás dos plátanos que a noite ventila; mas como mobiliá-lo com o aparador, o estorninho, seu corpo que era pesado mas não tão importante, e que dizer à vizinhança, aos armadores, aos governadores? Pensou em garotas mais caras e prodigiosas que as ostreiras, que compramos não com três francos e uma bofetada, mas com luíses e dólares, com outros maços de palavras que não conhecia, as grandes bestas brancas quase iguais às ostreiras e de igual serventia, que despimos e apalpamos, que da mesma forma pegamos por trás, nas quais da mesma forma freme uma grande fé, que da mesma forma vestem-se novamente e se escafedem: Vincent teria ficado felicíssimo de possuí-las, ele que deixava de comer em prol da rua des Récollettes; pois Theo bancava isso também, não os amarelos-cromo e o mínimo dito vital, e era justo que Theo bancasse. Mas era tarde demais, Roulin não podia mais substituir Vincent nessa empreitada, estava muito velho agora. O que se pode comprar de fato diferente? Bibelôs, um táxi, um cargueiro, mas que fazer com isso se não temos, no lugar deste, um quepe branco e não conhecemos a navegação? Pode-se subir para Paris; para a Tunísia também, embora Armand diga que é o buraco mais sujo do universo. Não se compra uma infância em Lambesc sob o Império; nem Augustine rejuvenescida; não se compra a Revolução Social. E que fazer, agora, com esta também?

Pensou naquele parisiense, que era um bom rapaz no fim das contas, que só o ludibriava pela metade quando o poderia ter feito integralmente. Aquele homem não devia nada a Roulin. E talvez fosse Roulin quem lhe devesse alguma coisa, Roulin que, sem ele, poderia ter morrido no pensamento de que outrora em Arles tivera visões, que o que vira de terrivelmente violento nos campos de melões era coisa corriqueira, não era uma pena fabulosa a ser cumprida seja qual for o resultado daquilo, tampouco era a encarnação de algum tipo de vontade forte que dos homens faz príncipes, não passava da pantomima de um biruta com insolação, alguma coisa de exagerado e ridículo como as trombetas de *Aída* ressoando subitamente em cinquenta gravuras de cobre sobre um tabuleiro de relva onde aposentados jogam. Devia àquele rapaz ter conhecido um grande pintor, ter visto e tocado uma coisa de certa forma invisível, não apenas um pobretão a quem dão geleias. E aquele rapaz, que aprendera a se servir do dinheiro, como se via pelo seu casaco, seus gestos, suas cortesias, saberia fazer uso daquele quadro que eles tinham, seria mais proveitoso para ele. Claro, era um pouco trapaceiro, como são todos: mas Roulin, uma vez que estava pensando, como eu disse, e como qualquer um, portanto, podia perceber ao fazê-lo com alguns lampejos verdadeiros ou falsos, Roulin ponderou que o outro não roubava senão dos muito ricos, que de toda forma tinham para isso, daqueles cidadãos superlativos que se apaixonam pelo que lhes dizemos para se apaixonarem, os chamados diletantes; e que provavelmente lhes proporcionava inclusive uma espécie de prazer, embora envenenado, uma vez que, ao persuadi-los de que as runas de Vincent eram legíveis apenas para eles, abastecia-os com elas sem barganha contra seu peso em ouro, quando de suas siderúrgicas trasladavam seu volumoso peso para casa, colocavam-no de face na parede onde o intangível projetava uma Marie Ginoux imperial, um arbi em culote vermelho-imperial, trigais imperiais do fim de Arles, tinham grande prazer em possuir aquilo, aquilo que em sua própria casa lhes escapava e os enchia de sofrimento, de uma grande ira reprimida. E essa trapaça divertia o príncipe republicano em Roulin. Mas era um velho carteiro vermelho: logo, é possível que não tenha pensado tão longe; que simplesmente tenha admitido que gostava realmente daquele capitalistazinho, pois dos dólares, claro, dos negócios que esfomeiam o pobre mundo em teoria ele não gostava, mas quando se personificam aos seus olhos, os dólares, num homem encantador que não lhe faz mal, isso não é tão fácil: com os dólares também, tornava-se tolerante e dubitativo. Pediu desculpas por isso ao retrato de Blanqui, que era todo passado agora. Contemplou as três cores desfraldadas na Vieille Charité e talvez em suas pregas não tenha visto, como sempre via, a bandeira de cor única que deve pôr fim ao mal, flutuar sobre o nosso paraíso com a ajuda da besta que representa a História como a tarasca Tarascon o faz onde há muito tempo não há mais tarasca, a besta paciente, cega e cavadora, impotente, a velha toupeira que Marx exibia em seu brasão.

Pela última vez então o rapaz voltou, e jantou. No fim da refeição o carteiro assumiu uma expressão grave, finória, como um mujique que vai engambelar um barine, e disse que iam falar de negócios; houve um silêncio, o rapaz mal sorria; Roulin se lançou; dava o quadro com a condição, todavia, de que soubessem que este havia sido dado em primeira mão a monsieur Joseph-Étienne Roulin pelo artista em pessoa, coisa que se poderia fazer gravando por exemplo na borda da moldura; a propósito, dava a moldura também; acrescentou rindo, mas tremendo que recusassem, que desejava que aquela doação fosse noticiada no *Forum Républicain* de Arles e, por que não, num jornal parisiense, visto que agora Van Gogh era famoso e aquele rapaz tinha relações: queria se vangloriar um pouco. Não duvido que na alegria radiante que iluminou o olho do dândi Roulin tenha visto dançar alguma coisa como o olhar de Fouquier ao obter uma cabeça, e na cartola subitamente, negro também mas mais emplumado, o grande bicórnio de Fouquier; e tenho certeza de que este não foi o olhar daquele rapaz, que não usava aquele chapéu: era um homem fácil, um comerciante. Sorriu e riu porque estava emocionado. Levantou-se provavelmente e os beijou. Bebeu-se. Enfim, para marcar a ocasião, Roulin de pé diante do seu santo Abbacyr ainda não desajolado da parede, a voz alta, a barba de Assur cobrindo a parte inferior da gola, o olho apontado bem além de Notre-Dame de la Garde e da linha azul dos Vosges para o paraíso das belas-artes, Roulin cantou uma *Marselhesa* ou um refrão de gajeiro, *Jean-François de Nantes*; e o estorninho adorou aquilo. Quando bem tarde o rapaz um pouco bêbado desceu a escada e saiu na rua Trigance sobraçando seu quadro, quando de cabeça erguida para as estrelas correu alegremente na noite deserta, o ar assobiando nos ouvidos, julgou ouvir ao lado dele, acima dele, a massa colossal e oca da Vieille Charité, em todos os sentidos perdida ao longe no negrume, expandir-se e se divertir com uma enorme revoada de andorinhas.

Roulin morreu em setembro de 1903, data atestada nos livros eruditos, antes de Augustine, antes de Armand e dos outros, como era normal. Morreu talvez no hospital e no mesmo quarto onde Rimbaud morrera dez anos antes, uma vez que somos romanescos; de sua cirrose; das afecções pulmonares induzidas pelo tabaco; de uma golfada de sangue após uma explosão de raiva, uma bebedeira ou uma pequena contrariedade. Seria bastante conveniente que, ao voltar no meio do dia e sob um sol inclemente de sua hortinha no descampado, ele tivesse se visto na direção do Estaque, numa trilha sobranceada por um teixo, um cipreste, que serpenteia acima do grande golfo. Então ali ele se viu e ignora tudo que lhe acontece, não tem pensamentos; é a Grande Noite de sua morte. O mar brilha; o deus coroado de azul contempla sem piscar; é um velho capitão; da terra chegam corvos, do mar são gaivotas. Roulin tem cascalho na barba; tenta recolher seu quepe caído um pouco adiante, não consegue; os alhos-porós, tampouco consegue segurá-los, larga-os: e subitamente está morto, logo em seguida está conduzindo seu barine por campos de dálias, quando passam perto da gente ouvimos os pequenos guizos tilintarem. Fora de qualquer lei, o principículo fora da lei precipita-se no azul. Talvez seja belo, mas não o vemos.

Quem dirá o que é belo e em razão disso vale muito ou nada vale para os homens? Serão nossos olhos, que são os mesmos, os de Vincent, do carteiro e os meus? Serão nossos corações, que um nada seduz, que um nada afasta? Será você, rapaz que está sentado na Antoine Vollard, que largou seu chapéu de lado e com ardor entretém beldades acerca da pintura? Ou vocês, telas empoleiradas em Manhattan, mercadorias que em seus caprichos teofânicos regozijam os dólares e ao fazê-lo provavelmente aproximam-se também um pouco de Deus? Será você, browning? Talvez você, Velho Capitão enchapelado de azul que observa um montinho azul da prússia caído numa trilha; são vocês, bestas brancas, sábias e mudas, das quais, longe daqui, na rua des Récollettes, apalpamos o volume exato, que sabem exatamente o que vale três francos; são vocês, corvos lá adiante voando que ninguém pode comprar, que não têm serventia, que não falam e não são comidos senão nas piores penúrias, os quais nem o próprio Fouquier queria em seu chapéu, caros corvos a quem o Senhor deu asas de um preto fosco, um grito que estruge, um voo de pedra e, pela boca de Lineu Seu servidor, o nome imperial de *Corvus corax*. São vocês, trilhas. Teixos que morrem como homens. E você, Sol.

Senhores e criados

Para Julien Fischel

Ora, como não sabíamos distinguir a de J.-C. daquelas dos ladrões, puseram-nas no meio da cidade para esperar que a glória de Deus se manifestasse.

VORAGINE

Deus não tem fim

Nós conhecemos Francisco Goya. Nossas mães, ou talvez nossas avós, assistiram à sua chegada a Madri. Viram-no bater às portas, todas as portas, vergar as costas, não ser laureado pelas academias, enaltecer os laureados, retornar docilmente para sua província, lá pintar ainda alguma mitologia aplicada e, mais uma vez, apresentá-la aos nossos pintores da Corte, um ano, dois anos mais tarde; novamente fracassar, escapulir de novo, trazer ainda uma Vênus ou um Moisés, mal esquadriados, pintados ao ar livre, comboiados em lombo de burro; isso, há 17, 20, 26 anos. Viram e pouco se lembram, quando não absolutamente nada. Mas é impossível não terem cruzado com ele um dia qualquer ao empurrarem a porta, por exemplo, de uma academia ou palácio onde estavam embeiçadas por um pintor de renome que iam encontrar, Mengs, Giaquinto, Gasparini ou um dos Tiepolo, ou um outro que não era nenhum desses mas julgava-se o melhor deles, um formoso italiano ressequido de cabelos grisalhos e mãozorra, com o sotaque de derreter o coração que eles têm, amando as mulheres e amado por elas, ocupado em pintalgar algum teto com aqueles céus infinitos aonde mergulham anjos com cavalos brancos, nuvens da Itália, trombetas. Logo, é impossível que, ao empurrarem aquela porta com o coração disparado, com uma das mãos armando o cabelo e a saia, não tenham encontrado ali, hirto e fincado como um poste, sobraçando seus cartões, janota, pasmado e esforçando-se para sorrir, o gordinho de Saragoça; não é possível que não tenham por um instante pousado seu olhar abelhudo, um tanto zangado, naquele tonto; diante delas, então, ele murchava um pouco rápido demais, inclinava-se um pouco baixo demais, parecia querer acima de tudo sumir e no entanto ali ficava, moscavarejeira e vira-lata, rodopiando em torno deles, da condessa e do italiano, sem nada dizer e revolvendo seus olhos arregalados, olhando com aqueles olhos arregalados passar uma saia, brincar uma canela no cavalete onde o pé pousara, e, quando o *maestro,* para dar fim àquilo, dignava-se a percorrer com os olhos o Moisés aragonês ou a Vênus de *paseo* saídos do cartão, elogiá-los talvez, por gosto, pilhéria ou para se ver livre daquilo, ele curvava ainda mais a espinha, parecia prestes a se desfazer em lágrimas e recuava de costas para a porta, mesura atrás de mesura; e antes de sair, nunca deixava de percorrer com os olhos aquele teto infinitamente azul, maravilhado como nas feiras populares um camponês diante de quem passam elefantes, mas ressabiado, incrédulo talvez, desafiador, e, se os lábios grossos prestes a chorar diziam "que maravilha, mestre. Um Rafael, um autêntico Rafael", o olho avaliava a mulher sob o vestido, calculava o preço das botas e dos punhos de renda do italiano e, não obstante, venerava passionalmente a mãozorra, a habilidade nos céus e nas Santas Trindades, a competência mitológica e a sedução inata do pintor de mulheres, academias e tetos: pois, com tanta inveja e tão poucos dons inatos, ele não suplicava, não odiava, punha-se ali e esperava sua hora, sem saber se ela chegaria, pacientemente, todo desajeitado e em pânico. Viram-no ter medo como tantos outros por elas esquecidos, e nós mesmas o teríamos esquecido se exibisse apenas esse medo. É igualmente possível que durante um passeio no mês de maio, em uma bela manhã, na Florida ou no Prado, elas tenham percebido ao passarem, a atarracada silhueta protuberante em sua capa invernal entre gladíolos, ranzinza, da sombra dos carvalhos verdes olhando sombriamente aqueles que à luz do sol deslizam em coche, vestem-se à francesa, possuem as mulheres mais graciosamente cintadas, mais sorridentes, mais famosas, e, quando com grande pompa chegava *don* Rafael Mengs ou o signor Giambattista Tiepolo, elas o viam dar dois passos catastróficos, sair da sombra e na luz aparecer como uma ave noturna surpreendida, erguer alto o *sombrero* e trazê-lo rápido ao regaço para a mesura, o olho reverente alçado até a invisível auréola do mestre que pintalgava o grande teto do céu madrilenho, e todo seu rosto trêmulo dedicava àquela aparição um sorriso extático, aterrado, talvez miserável. E o mestre cumprimentava aquele rapaz gordo que queria fazer bonito. Mas também é possível que tenham visto outra coisa; que não lhes hajam causado espécie nem a bajulação, nem a parvoíce, nem o tremor dos lábios que são o carimbo dos que chegam das províncias apenas com sua ignorância e apetite; que subitamente tenham achado que a capa lhe caía bem: pois quando, *sombrero* baixo e olho deferente perante o senhor Mengs, bebendo suas palavras que esquadrinhavam histórias de gregos de antes do dilúvio, do Belo eterno segundo Winckelmann, da figura humana como tangencial à dos deuses, toda a *pittura* legendária, toda a teoria prussiana, é possível que elas próprias, que não entendiam um cisco daquelas manias de homens mui graves, tenham visto o rosto de louça até então concentrado, desesperadamente aplicado em compreender, como que assustado, de chofre ceder e borbulhar numa furiosa vontade de rir; é possível que, pasmadas, tenham prestado grande atenção àquilo, àquela blasfêmia ou força insolente que Mengs, todo cioso de si, não enxergava: o que o pequeno aragonês tentava sinceramente, dolorosamente, compreender, naquilo ele não acreditava. Perguntavam-se por um instante por que ele escolhera pintar, se pintar ao mesmo tempo era um sacrifício e uma piada, consternando-o até as lágrimas e o fazendo retorcer-se de rir; para ter casa de frente e deslizar em coche, pensavam elas; talvez também para sofrer e escarnecer de tudo, tão curioso é o homem. Observavam aquilo, aquela loucura daquele homem que não era louco: e ele não parecia absolutamente tonto na calçada ao se despedir do mestre e da bela com grandes mesuras desastradas por causa das telas que sobraçava, gaguejando "Leonardo, mestre, sim, os anjos, o sorriso, o espaço", cobrindo cuidadosamente com uma lona sobre a sela do burro seus Moisés e se afastando escanchado, um pouco debruçado sobre as grandes orelhas, afagando seu animal a quem talvez falasse de Rafael; e se perguntavam se o que ouviam quando o homem e o burro passavam no fim da rua era zurrar o burro ou o homem rir; mas talvez um e outro, curvando-se aos borrões e às referências, chorassem à sua maneira. Viram isso ou aquilo. Ele fechava a porta atrás de si, enfiava-se nas folhagens da Florida, chicoteava seu burro. Voltava para Aragão. Não existia para ninguém.

Que fazia em Aragão? Pintava, madame, naturalmente. E ali nossas mães não o viram, mas a mãe dele, *doña* Gracia, e as moças do povo que ele levava para a cama, lavadeiras do Ebro ou putas; dessas nada sabemos, pois não falam, batem a roupa e abrem as pernas, cuidam de suas frieiras e de sua vergonha inata, cabeçudas, lábios impertinentes, arrogantes e arruinadas; mas talvez num álbum desconhecido as tenha desenhado, contra um fundo ligeiramente dourado, tais como as julgava ver e provavelmente tais quais foram, inacabadas, a fisionomia turva como uma água ruim de rio urbano que um azul de sabão suja, o olho qual um pântano, e todos os traços hesitando entre a decadência de uma mocidade bem pouco saboreada e a velhice eterna. Não, é muito pouco provável que as tenha pintado assim; pouco provável inclusive que tenha gozado com elas, pois o gozo ele guardava para mais tarde, quando enfim fosse Mengs ou Tiepolo, quando se apertam condessas e pintam-se tetos; e sua mãe disse a nossas mães que ele tinha sido um filho bom e correto, não depravado, mas trabalhador, empurrando antes do dia a porta do ateliê do pai, o velho mestre-dourador que tinha sido um esposo correto, atravessando portanto aquele ateliê onde sua vela iluminava retábulos povoados de paraísos, sobre os quais de frente e empertigados nos abençoavam san Isidros, san Antonios, Santiago, tudo em ouro e bem delineado, claros e precisos como tudo que o Senhor criou. Assim, dizia *doña* Gracia, atravessava de madrugada o ateliê paterno atulhado de relicários e báculos, para chegar ao seu próprio, menor, cedido nos fundos do ateliê paterno — pois ele não podia mais trabalhar na casa de Luzán, seu mestre, estavam brigados; e ali todo santo dia ele se esfalfava pintando, talvez Vênus e profetas, seguramente san Isidoro e Santiago também, nítidos como o Senhor os fez e nitidamente para Si os chamou; e quando *doña* Gracia entrava com salame e chocolate, encontrava-o de joelhos diante da tela, o nariz em cima, frisando com pequenas pinceladas um daqueles impecáveis capelos com que Zurbarán paramenta seus santos de cartuxa, um daqueles capuzes engomados e mágicos que donas de casa devotas ou anjos acabaram de passar; ou ainda, mas mais amarfanhado do que se manchado pelas chagas vermelhas do Salvador, pintava atormentado aquelas mãos de santa tais como os italianos as estipularam, aqueles dedos livres, felizes, visíveis, em que todas as falanges aparecem, dobram-se, acariciam o espaço milagroso, espesso e claro; outras vezes aprumava toda a sua pequena estatura e dava-se ares de alguém que espalha fundos amplos, insolentes, mas precisos, com o grande *brio* da maneira veneziana; fazia rir então, diz *doña* Gracia, era como uma criança nos ombros do pai. Ela não diz, *doña* Gracia, que às vezes o pai, ao dourar com seu pincelzinho uma barba, uma chave sagrada de são Pedro, ouvia impropérios do outro lado, uma tela furar como um tambor, e o gordinho rir maldosamente fazendo picadinho dos chassis; isso, as mães fingem ignorar. O que ela diz, em compensação, e no que temos toda a boa vontade de acreditar, é que ele ia peraltear, nos feriados, em sua terrinha de Fuendetodos no campo e que lá se agitava com a febre de atividade esportiva que se apodera absurdamente dos gordos; em companhia de pequenos fanfarrões da idade dele atiçava novilho novo e às vezes um touro, um animal de verdade, escuríssimo, embora isso talvez se desse num simulacro de arena com um simulacro de *muleta*, um pano qualquer tingido com seus vermelhos; mas com uma espada de verdade também, de ferro que corta. E, mesmo num lugar tão ermo quanto Fuendetodos, deve ter havido execuções. Isto, todas nós sabíamos, pois mais tarde ele se vangloriava para todas, como se houvesse passado seu tempo ocioso nisso, a tourear com capa, culotes de *majo* e meias cor-de-rosa, e não em pincelar desesperadamente drapejados italianos e capelos sevilhanos num ateliê povoado por santos rubicundos para uso dos capítulos; e falava disso como se continuasse no sol, na fogueira de sua mocidade, aquela que para os outros e talvez para si próprio inventasse. Quanto a nós, porém, nunca o vimos tourear; e nada nos proíbe de pensar que, sob a confusão de um céu chuvoso do mês de março do seu vigésimo ano, contentou-se em observar aquela maçaroca tão precisa, tão conforme à Criação estouvada: chove naquele dia em Fuendetodos, no pêlo negro fumegante, nas narinas moles; as patas atrapalhadas cedem, a lama esguicha; alguma coisa sofre, talvez tanto o céu e sua chuva quanto o animal e seu *matador*, o qual, com a extensão do antebraço, enxuga as sobrancelhas para ver claro e estocar; o sol não veio para a execução, tampouco intensificou-se o rufar, apenas alguma coisa escorrendo como em uma tela mal pintada que destruímos ao nosso bel-prazer. E em torno daquele monte de carne escura degradada, garatujadas livremente, opressivas e gelatinosas, as faces azuis dos camponeses aragoneses, concebidas às pressas em copulações de celeiro, soltam na chuva palavrões foscos e brilhantes, dançam uma giga de antes do dilúvio, tudo cinza a não ser aquele escarlate por cima do ombro de um deles, a *muleta* desbotada. Não se toureia na chuva, madame? É possível. A barriga impecável dos cavalos brancos esparrama-se no azul dos tetos. Criaturas decolam deixando seu peso na terra e carregando lá para cima a forma e o canto, para o tempo ameno dos céus. Sim, dizia *doña* Gracia, ele toureava nos feriados, mas durante a semana pintava belos e esmerados quadros. Era trabalhador.

E, claro, trabalhava duro; pois sem isso não teria arranjado aquelas encomendazinhas que sabemos que honrou, em Sobadriel, Remolinos, em Aula Dei, entre os cartuxos, todos hipócritas a um arremesso de pedra de Saragoça, a menos de uma manhã de burro da botica dos santos dourados, e lá, naquelas cartuxas, naqueles pequenos palácios de arrivistas, naquelas igrejas soterradas, outros santos no afresco o aguardavam, mas de sua lavra e quase sem dourados; santos cujos mecenas procuram um garatujador não muito ruim, sem pretensões, pouco italiano nas maneiras, mas à maneira italiana pintando, que prefira a alma à forma, como dizem nas províncias, bem-comportado, deferente para com os coadjuvantes e com o fabriqueiro, polido. Que mérito tão especial propiciou-lhe essas encomendas? Convenhamos, madame, não, não o seu talento, que alguns clarividentes teriam percebido enquanto o restante do mundo tinha os olhos vazados, não a real paleta, que ele ainda não tinha, nem a grande inteligência, que talvez nunca tenha tido, não o dom de observação divino e mirabolante que a ignorância atribui aos pintores: não sejamos grosseiras, temos olhos também, homessa. Nenhum mérito especial, mas sua boa vontade, uma maneira particular de entender muito bem que num ano recusassem seu projeto e o aceitassem no seguinte, a presteza em vir de Saragoça no seu burro, e não no da abadia, e a celeridade em tornar mais viva determinada figura amenizando-a com aquela pincelada ínfima e desastrosa que um carola louco por antiguidades, que outrora fizera a viagem a São Pedro e portanto tudo vira, sugeria paternalmente, não sem malícia. Ele era da lida, de verdade: não porque não sabia pintar, pois aprendera aquilo, o que possivelmente está ao alcance de metade dos homens, isto é, de qualquer um, com a prática; mas porque o interesse da pintura, na qual não sabemos por que se extraviara, como um touro em uma arena ou virtualmente qualquer homem em sua própria vida, lhe escapava; e não obstante amava a pintura, como todo homem sua própria vida e, talvez, o touro a arena; depois disseram que o que então o exasperava era ter de lançar numa parede povos de anjos ou entrevistas entre o Deus vivo e suas testemunhas pobres-diabos: por que não os pintou direito, aqueles pobres-diabos, ele, sobre quem nos repisam que só gostava dos pobres-diabos? E todas nós sabemos que lançar num pequeno álbum lavadeiras encardidas e velhas malucas não o exasperava menos, mais tarde: que a pintura, o que ele chamava de pintura, estava para sempre fora do seu alcance, e que só pintava por isso. Não, porém, completamente: também dava dinheiro, engordara o extravagante Mengs e o presunçoso Giaquinto, e ele, por sua vez, queria cevar também, o gordinho. Portanto, naquelas cartuxas campestres, para cevar, para compreender, ele punha um pouco de Tiepolo nos azuis de céu, um pouco de Zurbarán nas pregas que no chão tombam e esboroam, uma nuvem onde sentar para os Lá-do-Alto se sentarem, e aquelas asinhas de chapim que se prendem às omoplatas angelicais como um nariz falso de carnaval de *mi-carême*; e também uma ou outra testemunha basbaque, santos mártires ou mitrados, que, indiferentes sob as cisalhas ou o púrpura, pareciam não estar ali. Caraminholava coisas que ficavam bonitas, ele que nunca soube, madame, o que chamamos de coisa bonita. Discorria sobre tudo isso, em geral com modéstia, pois achava que um dia conseguiria fazer quase como Mengs ou Tiepolo, isto é, embolsar o que eles embolsavam, mas a maior parte do tempo possivelmente com uma raiva absoluta, invisível, ou uma risada absoluta cujo som talvez fosse melhor ignorarmos; e se calhasse de a velha mendiga, a que lustra os ouros dos altares e muda nas jarras os lírios podres, de ela entrar na capela e ouvir aquela risada, e atônita erguer os olhos para o afresquista segurando-se com as duas mãos em seu andaime sob seus penachos e arcanjos, de ela abertamente inquirir-se do porquê: É, dizia Francisco, esse cachorro velho e doente do prior, o que enxerga com um olho só, que olhou um pouco demais para são Jerônimo e chispou com o rabo entre as pernas como se o santo tivesse saído de um bosque para mordê-lo. E a mendiga ria também.

Isso, durante dez anos. Sua hora chegou, aquela horinha em que ele disse consigo, lá pelos 30 anos: Vamos, talvez eu venha a ser Mengs, se Deus me ajudar. Deus ajudou-o sob a forma inesperada de um homem de quem a senhora não se lembra, madame, mas que antigamente foi pintor, muito paparicado e que o seria mais não tivesse perdido seu tempo a invejar a própria sombra; que, ao encontrar o gordinho, julgando-o inofensivo, interessou-se por ele e decidiu dar-lhe um empurrãozinho no mundo, como soldado raso e, por que não, escudo; sim, Deus pôs em seu caminho, mais gabola que Tiepolo-o-filho, mais engambelador que um napolitano e mais nulo que Mengs, o grande Francisco Bayeu.

Disso, desse pequeno lance de dados viciados, sabemos tudo que é possível saber, pois a coitada da Josefa nos contou, ou calou de forma a nem por isso falar menos, Josefa Goya, *née* Bayeu; Josefa com sua trancinha mirrada enrolada no occipital, seus cabelos nem louros nem ruivos e seus traços também indecisos, seu sorriso pálido e seus olhos bondosos; Josefa, que lhe deu quarenta anos de sua vida até sua morte, a morte dela, e a quem ele deu a esmola de um único retratinho em quarenta anos — retrato que ela guardava devotamente, que vi em seu quarto, que ela contemplava sentada de mãos postas com seu sorrisinho tímido tal como fora ali retratada, mãos postas e sorriso tímido, talvez agradecendo a Deus por aquele milagre, ou desculpando-se por sua imodéstia: ele a pintara uma única vez, com as mesmas cores e a mesma mão, ele que pintava a rainha e os cardeais-duques, os infantes e seus brinquedos; Josefa, que ele chamava de Pepa e que lhe era tão necessária quanto a grande brocha dita de Lyon e o esfuminho, que pintam os fundos e que não se veem, mas que são o quadro, o espaço, sem o que os príncipes ataviados do primeiro plano são aspirados pelo nada; a quem talvez tenha amado, como ela não ousava dizê-lo e não ousava pensá-lo, a quem engravidou dez vezes em desperdício, exceto da vez em que foi o pequeno Javier que nasceu, Javier que não viria a se juntar prontamente na cova aos seus irmãozinhos e irmãzinhas interrompidos sob forma perfeita e rematados como um quadro qualquer, não parando de se desfazer como os quadros do pai; mãe portanto de todos aqueles cadaverezinhos e do corpo vivo de Javier, que foi presunçoso e amado pelo pai, o qual por sua vez teve como filho Mariano, mais presunçoso se possível e adulado pelo avô; Josefa, irmã desdenhada de Francisco Bayeu que passou às mãos de Francisco Goya, que lhe quis bem, em pleno mês de julho, em plena Madri, enfim, quase, na igrejinha de Santa María, que fica na periferia de Madri.

Ela não disse que foi feliz, Pepa, naquele 25 de julho. Mas ao narrá-lo 25 anos depois ainda ruborizava, não como a senhora ruboriza, madame, mas como ruborizam as louras modestas, apagadas, sem traços, constrangidas com seu prazer e sua visibilidade, temendo que aquele rubor as apague um pouco mais e que sua alegria rememorada não valha grande coisa, uma vez que aquela grande e efêmera emoção por elas vivida não causa inveja alguma aos olhos das outras, sequer interesse, mas sim esse simulacro de compreensão que é a piedade; estão habituadas a isso, as louras apagadas, é assim que se exprimem. Ela então contava como ele estava feliz, ele, o seu Francisco, naquele 25 de junho, em seus trajes cinza-pérola à francesa que o apertavam um pouco, decerto baixinho, mas aumentavam significativamente sua estatura, e não tão gordo quanto dizem, mas bochechudo, sim, como uma criança, e como tal regozijando-se com tudo, com o casamento, com uma pega que passa por cima de Santa María quando os sinos põem-se a repicar, com pajenzinhos todos de vermelho agarrando-se ao seu buquezinho de gladíolos, com suas maneirazinhas de homenzinhos, e aqueles olhos arregalados que às vezes se abrem, aquelas lágrimas que correm ninguém sabe por quê, porque uma nuvem passa pelo sol, porque o degrau do adro é muito alto para seu pé, porque o mundo não se arreda no instante de sua alegria. Ele era como eles, diz Pepa. E, se porventura se regozijava, não era por entrar por cálculo e barbárie no clã Bayeu, como disseram as más línguas; nem por quase entrar em Madri, por estar às suas portas; nem por se tornar num piscar de olhos, por um toque de varinha de condão, pela defloração de uma moça simplória, cunhado de Francisco Bayeu, pintor do rei, discípulo favorito de Mengs e seu delfim designado, irascível e onipresente, incapaz, poderoso; e cunhado na mesma ocasião, no mesmo pacote, de Ramón e Manuel Bayeu, não menos pintores e não menos incapazes, porém mais delicados, de traços e quereres entorpecidos, de há muito atolados na paleta opaca de Bayeu-o-Grande, ambos soldados rasos e escudos; não, dizia Pepa, ninguém me tira da cabeça que tudo isso é maledicência; ele estava feliz por entrar para a família do meu irmão, é verdade, mas é que ele gostava do meu irmão, admirava-o e ficava a escutá-lo falar de pintura — meu irmão conhecia tudo, e meu noivo ainda tinha coisas a aprender. Talvez também estivesse feliz por se casar comigo, mas, para dizer a verdade, não sei.

Pois então, veja: eles saem de Santa María naquela bela manhã de julho em Madri, quando o calor já é intenso, mas recente. Seguram seus tricórnios nas mãos; Bayeu veste uma roupa de veludo marrom quente e uma calça ocre amarela, está bem atrás de Goya e, como é mais alto que ele, passa uma das mãos por cima do seu ombro e aponta-lhe o tempo bom. Erguem ambos os olhos, e tudo aquilo os encanta tanto quanto a nós: em volta deles, pintores e já condes, coletes bordados de *majos* e grandes cordões azuis sobre peitilhos ducais ataviados à francesa, librés mais gritantes que brasões, mil vestidos, uns à francesa, outros em *maja*; e lá no alto sinos que repicam, monstros delicados de bronze pesado que são para o ouvido o que as flores são para os olhos, e, da mesma forma que flores, isto é, modesta mas infalivelmente, enfrentam e saúdam a grande cúpula imodesta dos céus; leques e tricórnios também são flores, diz Bayeu debruçado no ombro de Goya. Mas não é possível! E não é que o marido franze o cenho, e não é que é para gritar que a noiva abriu a boca? Que paira de repente, madame, sobre esses esponsais? Será um temporal em pleno mês de julho, sem que nada se tenha acumulado lá no alto, caindo de supetão? Deus não está colérico, como se diz, e aliás se estivesse não o saberíamos, ele não o mostra mais. Tampouco é uma recidiva da Inquisição, com fogueiras e sacrificados, *sambenito* e trovão escandido por exortações latinas, a Inquisição nada tem a ver com isso, como sempre. Entretanto, de onde advém sobre aquelas cabeças aquela execrável grandeza? Que pintor medíocre veio se intrometer? Tricórnios voam na borrasca, e não foi o vento que os carregou, sobem negros em direção a tudo que é negro, que não terão dificuldade para alcançar, duas batidas de asas e pronto, pois o céu não está mais alto que o menor sininho de Santa María, são pássaros esquisitos voando, e a senhora vem me dizer agora que é um dobre? E os coitados dos convidados sobre os degraus de pedra, que desamparo, tudo lhes cai das mãos, curvam-se para recolher, curvam-se, têm buracos de sombra no rosto, e o queixo espesso que têm, aquela feiura gelatinosa, a boca que a senhora diz bestial, madame, que se retorce e arreganha, se adensa, mostrando fora do falar os dentes e a língua, não é feiura d'alma, não, não é gula nem luxúria — com o tempo que faz! —, não é sequer medo, pois sabiam muito bem que a ventania viria, é sofrimento, madame, um grande sofrimento. A mochila do céu negro pesa nos ombros. Aguenta-se enquanto se pode. E agora, qual é o problema? Quem matou aquela mulher, arregaçada até o sovaco e atravessada nos degraus, a cabeça para baixo? E quanta água corre dentro das suas saias levantadas, sobre sua infeliz fisionomia nem loura nem ruiva, sobre seu ventre magro do qual não sairá Javier, do qual não sairão dez cadaverezinhos e quase-cadáveres. São Bayeu e seus irmãos, é o amigo Zapater, são os duques, é o velho mestre-dourador vindos aos magotes de Saragoça com seu redingote de domingo, todos aqueles Nabucodonosores de quatro patas, que pastam e são pintores, que pastam e são duques, que provavelmente e sobretudo choram, mas como enxergar na chuva? Deve ter sido o vento que os fez cair, vamos, não foi a loucura, não foi a maldade. São eles? Vá saber. Todos se parecem, não se sabe quem devora quem. Mas o gordinho que está fugindo lá embaixo no beco com os trajes antes cinza-pérola, encharcado, gotejando sob a tromba d'água como uma paleta de troca-tintas, aquele diabinho rechonchudo exultante sob o jato das goteiras só pode ser ele, com sua gentileza, sua estimulante alegria de viver, sua modéstia e seu facão em suas basques. Um facão, onde isso? Em todo caso, não nas mãos de Francisco Goya, que volta sorridente para Francisco Bayeu e lhe diz que sim, tudo é flor, leques e pilriteiras adornando mantilhas brancas, totós, rabos de cavalo de *majos* e argolas em seus culotes, paramentos vermelhos com tricórnio suíço, mãos femininas falange a falange desabrochadas como pétala a pétala, e veja, meu irmão, todas essas criancinhas de vermelho nos olhando com olhos tão claros, como pedem para ser pintadas: ele decerto exagera, como de costume, mas este é um pecadilho de nada. Vamos, eram sonhos. Foi um sonho esquisito que tive. Caso contrário, a vida seria um pesadelo. Não, o dia está bonito, olhe direito, madame, eles estão tranquilos naquele adro, irradiam cores e alegria, o céu de Tiepolo está perfeito lá em cima, profundo, distante: todo aquele belo azul foi o Criador que finalizou, não há o que retocar. Podemos então nos casar em trajes cinza-pérola, ter filhos. Nada a refazer. E o branco e o preto da pega pousada na árvore da praça Santa María, imóvel, bico desconfiado e nítido, olho redondo e desenhado, esse branco e esse preto são perfeitamente demarcados por um traço magistral, pena branca sobre pena preta em pinceladas precisas, não se misturam em absoluto, tampouco em absoluto misturam-se às folhas, nem as folhas ao grande azul do alto. Goya observa essa pega.

Oferece gentilmente o braço a Pepa.

Desce os degraus, hesita em colocar o tricórnio de novo, depois o faz com decisão: aporta em seu quinhão de felicidade neste mundo. Sabe o que é a felicidade, madame? Aqueles períodos da vida, em geral próprios da mocidade, mas nem sempre, em que você confia em você sem se tomar por outro, em que espera que dentro de um ano, dez anos, seja enfim recompensado, isto é, bem-sucedido, possua o que quiser, seja de uma vez por todas aquilo que deseja e assim permaneça; por enquanto você sofre, é um pouco menos ou um pouco mais que você, mas em dez anos chegará lá, lá onde é preciso: a felicidade é esse singelo sofrimento, e todas nós sabemos que Goya foi feliz durante aqueles cinco ou seis anos. Era paciente, supunha-se medíocre, preparava-se para fazer carreira; e nesse sentido, claro, era um pouco charlatão, uma gota de talento e uma gota de impostura, talento na cor, nas mesuras aos príncipes, nas pernas arqueadas, nas conversas pretensiosas ou inteligentes acerca dos mestres, da técnica, do terminado, do entregue: isso, com Bayeu, que se tomava por Mengs, com Mengs, já moribundo mas sem desistir de se julgar a própria teoria encarnada em pincéis, com jovens colegas não menos talentosos e impostores que ele próprio, que queriam engordar, deslizar em coche, pintar bem, ser um dia Mengs ou Tiepolo segundo suas inclinações ou sua paleta os carregassem para os anjos rígidos como papas de um ou para aqueles, suaves e de carne equívoca, de outro. E a impostura, afinal de contas, por ser tão bem distribuída, será ela impostura? Por que a pintura não seria uma farsa, uma vez que a vida é uma e que basta desposar a coitada da Pepa e bajular Bayeu para obter encomendas de príncipes, olhares de duquesas? Vamos, não havia motivo para destruir seus chassis como fazíamos antigamente em Saragoça, para cair intimamente na gargalhada quando Mengs discorria sobre o Número de Ouro. Tudo aquilo era criancice; era trair a confraria dos pintores, a pintura talvez e o curso das coisas: consegue imaginar um áugure rindo na cara de um grão-capitão todo sério e preocupado, debruçado sobre tripas de galinha a propósito das quais outros áugures mui gravemente glosam? O grão-capitão perde sua batalha, os áugures são escorraçados, o povo sabe que seu infortúnio não tem sentido, alguém ganha alguma coisa com isso? Não, o que é sério, o que é pintar, é trabalhar como no mar um galeriano rema, na fúria, na impotência: e quando o trabalho está terminado, quando a masmorra se abre por um instante e a tela é pendurada, dizer a todos, aos príncipes que acreditam, ao povo que acredita, aos pintores que não acreditam, que aquilo lhe ocorreu de súbito, contra sua vontade e milagrosamente de acordo com ela, sem fadiga, quase como uma primavera que o empurrasse para a ponta dos pincéis, que alguma coisa se apoderou de sua mão e a carregou como *putti* com um só dedo dominam um carro triunfal, alguma coisa que é Tiepolo renovado, toda a *pittura* em nós infundida, a observação da natureza tão amada (está entendendo agora, madame, aquelas grandes risadas silenciosas na cabeça dos pintores?), a arte enfim, alada como um anjo e fácil como uma *maja*. O mesmo que imaginar um forçado na ponte de sua galera, uma bola de ferro em cada pé, as mãos mortas, declamando que o mar moveu delicadamente seu remo, cumpriu sua pena para ele, embalou-o — e, por que não, nasceu de seu remo?

Jogou esse jogo durante cinco ou seis anos, e dessa vez feliz, pois (já lhe contei?) agora sabia pintar, e não ignorava que sabia pintar. Não que acreditasse em sua pintura, como dizem; não que acreditasse doravante na Pintura, naquele inacessível cuja ausência e espreita o haviam torturado em outros tempos, naquela dolorosa esperança que talvez o houvesse arrebatado criança entre santos dourados que o espiavam pedindo-lhe alguma coisa, naquela quimera, mais fugaz que uma sombra e jamais vista, feita da prodigiosa conjunção de uma mão e de um pequeno espaço que seria o mundo; e o mundo nasceria dessa mão. Sim, madame, o que ele quisera um dia tinha sido que o galeriano assinasse o mar de punho próprio, e, uma vez que não podia ser assim, por que não se juntar ao seus pares no seu banco de remador, mourejando, talvez feliz, esperando a sopa, remando? A pintura não passava disso; e ele sabia pintar, se fosse este o problema. Foi efetivamente feliz, em seu banco, na calle del Reloj, a Pepa preparava sua sopa, os príncipes queriam uma caçada à codorna, um piquenique, um balanço, e ele por sua vez pintava de bom grado fuzis e codornas, cachos, um presunto sob as árvores, com azuis finos e róseos, vermelhos esperados mas que parecem eclodir, todo Giaquinto. Que descanso. Finalmente julgou que terminara. De degrau em degrau pacificamente rumaria para sua morte, a de um excelente pintor. E uma noite o aguardava em que sob alpendres italianos ele beberia satisfeito, velho, mestre, na sombra das folhas, cem tetos nas costas, *don* Francisco Goya.

Por ora, ainda moço e discípulo de todos, está sob um alpendre espanhol, às margens do Manzanares, em maio; no Albergue do Galo; em 1778, com Ramón Bayeu e José del Castillo, pintores; com Josefa? Está brincando; com um toureiro também, madame? Por que não: eles trouxeram Pedro Romero ou seu irmão José, ou ambos, pois na companhia desses matadores de bois dão como certo atrair as *majas* como o mel as vespas. Foi então uma dessas *manolas* assanhadas que nos relatou aquela refeição, aquela dissipação de homens pouco escrupulosos festejando, aquela conversa fiada de artistas em que o que ressoa é o vil metal, e todas aquelas folhagens generosas debruçadas sobre homens de posses, aqueles vinhos generosos em suas goelas cúpidas, mas amistosas, fugindo do sofrimento; foi uma delas, e talvez esta justamente, Narcissa, creio, cuja coxa a mão do pequeno aragonês estreita rigidamente sob a renda, sob a mesa, na sombra: pois saiba, madame, que ele gostava muito da gente, como se diz, por menos bonitas que fôssemos, calhávamos para ele; ele nos pintava, sem rodeios nos alcançava, sob a mesa ou por cima, com palavras, de uma forma ou de outra nos tocava, e sem rodeios nos consumia — é que agora ele se dava o direito de gozar, não eram mais lavadeiras, podia mostrá-las, e, quando se pintam tetos para príncipes e se quer se divertir, tem-se o direito, como um príncipe. E uma vez que tudo isso não embaraçava o gordinho a não ser pelas palavras certas no momento certo ditas e pelas saias numerosas no momento certo levantadas, não falarei disso, por favor. Não era por mal, pois seu próprio mal não se manifestava. Ela contava, então, a *manola*, que nossos três pintores promoviam patuscadas sem fim com seu *matador*, seu satélite, aquela prova viva, um pouco espaçosa e simplória, mas tão lucrativa, aquela prova manifesta de que não eram peralvilhos, de que preferiam a vida à pintura, o sangue à cor: e, quando se juntavam vários para deleitar-se com as folhas e o vinho, com maio e as moças, não era para celebrar um pintor vivo ou chorar um pintor morto; era, minha querida, porque tinham arranjado — porque Bayeu-o-Grande arranjara para eles — uma fabulosa encomenda, um tremendo biscate.

Como em todas as primaveras, o rei e a Corte estavam em Aranjuez, nas cachoeiras e nos campos de narcisos; ora, em meio às flores, o rei houve por bem entediar-se com sua grande coleção de pinturas da Espanha deixadas no Pardo, e no Pardo, a propósito, nas paredes daquele imenso salão onde ele tinha o costume de se vestir ao sair da cama como se vestiam os reis, isto é, cem passos e outros tantos de dignitários entre o sapato e a roupa, cem passos ainda da roupa ao cordão, cinquenta hidalgos entre o cordão e a luva, e, quando esfregando os olhos saía do quarto, via o tricórnio lá no fundo, miudinho sobre o veludo azul como na ponta de um desfiladeiro das Astúrias a cabana de um pastor, aquele último pedacinho preto que ele só poria na cabeça ao cabo de um perigoso desfiladeiro de Velásquez mudos, Ribera negros, dignitários com penachos, verdadeiros ou pintados, ancestrais mortos e vivos; os dignitários vivos seguiam-no por toda parte, a Aranjuez em maio, a La Granja em agosto, ao Escorial no outono; mas os dignitários mortos permaneciam no Pardo, impávidos sobre seus grandes lanços de muralhas abruptas e com estes ele se entediava; talvez precisasse daquela montanha de homens mortos para recepcioná-lo ao ar livre, ainda sonhos de rei e outrora carnes de reis; e, por intermédio de cinco ou seis dignitários vivos, mandou participar a Bayeu-o-Grande que queria ver presentes também em seu *petit lever*, em La Granja, em Aranjuez, os dignitários e ancestrais mortos, queria um pequeno reflexo daquela grande montanha que tinha acima de sua cabeça, onde se vestia; e Bayeu-o-Grande encarregara Bayeu-o-Pequeno, del Castillo e Goya, que não eram dignitários e que tinham a mão lesta, que reproduzissem mais uma vez aquelas reproduções de homens mortos, na água-forte, por um alto salário.

Esse salário que eles não embolsaram, contava-nos a *manola*, penhoraram grande parte dele no Albergue do Galo. A tarde cai, o sol muda, e agora os tricórnios estão em seu pleno ser, dispostos sobre a toalha, absorvem sem um vinco aquela luz, continuam tão pretos quanto antes, quando a trepadeira verde os assombreava ao meio-dia. Trazem mais vinho. Estão em ponto de bala, os salteadores. Até agora falaram de reais, ducados, falaram da proximidade dos príncipes, mãos de infantes a beijar e grandes cordões a cingir; houve um pequeno bate-boca quando dividiram o butim: Ramón é irmão de Bayeu, del Castillo é o mais velho; quanto a Francisco, que fez senão aqueles cartões — belíssimos, decerto — para os tapeceiros de Santa Bárbara? Por conseguinte, terá apenas um quarto, bela soma apesar de tudo, não acha, Francisco? Ele me apertou mais forte, disse a moça, e mais alto, meu Deus, deixei-o fazer, o vinho, todo aquele sol sobre a mesa, as folhas verdes. A outra mão amarfanhava a toalha. Ele gritou um pouco. Também o deixaram fazer, prometeram-lhe um pouco mais e ele cedeu, o vinho provavelmente, a amizade em todo caso, e o braço comprido de Romero em torno dos ombros do diabinho: *vamos Francisco, a câmara do rei!* Agora — mas tudo isso me confunde, diz a *manola*, mal os escuto — não são mais moedas que retinem, reais, é de outra espécie sonante também que falam, são nomes pesados que voejam com as vespas pesadas e o vinho nas nossas cabeças, é por grandes nomes que se engalfinham; dividem a em todo caso, que ele conhece, viu em mil estampas; de toda forma, a pintura não o aflige, ele é do ramo. Entretanto, ali não há senão pintura. Que sol desaparece? Que faz as vezes de pez nessa antecâmara onde a luz entra aos borbotões, onde de quadro a quadro brincam os belos azuis, os vermelhos, os brancos de jasmins e aquelas torrentes de pérolas, todo aquele cinza sombreando o branco? É alguma coisa imóvel lá no alto, julga a senhora, mas por que então aquilo gira tanto, por que tudo aquilo imóvel e lasso enrola-se furiosamente em cada vez mais sombra, galopando? Não, madame, não são aqueles cavalos empinados carregando seus infantes aos soluços, aterrados e impassíveis, seus condes-duques aterrados e mui valorosos, seus capitães vencidos e seus capitães vencedores, aterrados: a senhora vê claramente que eles não se mexem, são cavalinhos de pau para crianças infantes. E não, as anquinhas tampouco giram com suas bonequinhas dentro, elas são tão infelizes, queria que dançassem? Então de onde vem todo aquele vento? Não das *sierras* mortas ali pintadas, e aquelas árvores, por sua vez, tão cansadas quanto os homens, não moveriam uma folha na tempestade do Juízo Final. Talvez seja o preto que galopa e venta, todo o preto atrás e na frente, e todo o preto nos corpos, que os atravessa, esburaca, esvazia, aquele sopro ou aquele chumbo na pele mal-acabada dos infantes, dos condes-duques, de Filipe IV e dos anões que ele fez condes. Sim, tem razão, madame, riem também os tristes *sires*, talvez de todo esse vento que trazem na pele. Venta ali dentro, somos carregados. Ah, nunca saberemos, giramos. Vamos, a senhora e eu, até aquele caldeirão de preto sevilhano onde turbilhonam pedaços de príncipes crianças, bigodes de rei triste, uma luva pérola e jasmins andaluzes; onde chafurda o nome de Diego Velásquez e, sobre cinquenta telas esmigalhado, o seu cadáver; e onde alinhado para cima como um feto é arrastado em trajes verde-claros o pequeno Goya, para essa caldeirada, leiamos.

Tinha 32 anos, o sujeitinho, quando houve por bem ser introduzido ali dentro. E ninguém soube de nada. Não viram aquilo del Castillo e Ramón Bayeu, já ocupados em rabiscar doces Murillo e extravagantes Ribera, carnes de açougue em lençóis de lavadeira, na outra ponta do que tomavam pela antecâmara de um rei, mas que era uma espécie de lazareto, no fundo do porão de um navio-negreiro no centésimo dia de travessia, na travessia da Linha, e no qual o pequeno Goya preparava-se para remar para sempre, não com aqueles remos de freixo com que ainda ontem esparramava azuis Tiepolo, mas com remos de chumbo. Dirigiu os olhos para ambos, seus cúmplices, lá na ponta da grande penumbra, debruçados sobre seus croquis, em dúvida se apagariam, se rabiscariam mais, apaixonadamente desamparados, a expressão não obstante segura de si, o lápis empunhado amplamente como um cetro, um chocalho. Já deviam estar com dor no pescoço, de tanto erguer o nariz para os quadros no alto: não fomos feitos para olhar para tão alto; tampouco fomos feitos para largar de lado lápis e chocalhos, beber e cair sob os céus pintados, resmungar um pouco e encoscorado nos trajes de corte assiduamente roncar sob *As meninas*. Mas que fazer entre os dois quando não se é um homem pintado? Goya pegou seu tricórnio no tamborete em que o havia atirado e sentou-se suavemente, o tricórnio entre as mãos, para o qual olhava. Começou a pensar suavemente. Pensou num burro decerto morto havia muito tempo e lançado aos cães, a quem ele falara de Rafael, envergonhado mas se dobrando de rir sobre as grandes orelhas; pensou num cão caolho que tinha medo dos santos manquitolas de Francisco Goya; pensou em campônios aragoneses de bochechas azuis, em príncipes Habsburgo de bochechas louras; em príncipes Bourbon, de bochechas azuis; pensou em princesas vaporosas e carnes precisas, no desejo que sentimos pelas mulheres e que se vai quando são pintadas, pois então somos incapazes de impedir que sua carne seja ferida, sem glória, tão intrépida e esgarçada de tanto terror; pensou num velho de Saragoça que modestamente colocava uma película de ouro entre o mundo e os homens; numa mulher morta que levava silenciosamente chocolate para um futuro pintor do rei, silenciosamente se eclipsava, vaporosa em sua memória, vaporosa na realidade quando para esta voltou; pensou que os reis são melhores ou piores que os outros homens, se é que precisam de uma avalanche de espectros sobre a cabeça todas as manhãs ao levantar. Pensou em muitos caminhos percorridos em vão. Achou que a prisão de Saragoça ia recomeçar para ele, mas dessa vez sem recursos, sem Madri no fim, sem rei para suspender o ferrolho, sem tetos para pintalgar, sem nada. Vistoriou tudo isso, enquanto o tricórnio entre suas mãos girava mecanicamente. Para terminar, levantou a cabeça para aquelas grandes coisas enfáticas que pareciam homens.

Homens, provavelmente. A extensão nos oprime, o solo é velho, os céus têm apenas nuvens e assim como a extensão oprimem; estamos entre os dois, olhamos bem para cima ou então entre nossos pés a terra, não estamos aqui; às vezes apenas os adornos, os filós, os uniformes e seus galões existem, iluminam alguma coisa de furtivo; é a alma, talvez, que brilha intermitentemente sobre os botõezinhos de madrepérola dos coletes, que ao longo das voltas de renda sobe rumo a um paraíso, cascateia e se regala nas ombreiras, é ela ainda que pela mão seguramos, que na cabeça carregamos, escura e danada, nos tricórnios. Mas onde esse corpo que o vento visita colocaria a alma? Claro, ele não decola, todo aquele vento segura-o por ali. Não existe sequer em pé, com uma alma no topo e solidamente fincado aqui embaixo, neste solo em que a alma, na medida do possível, se exercita. Entretanto move-se sobre dois pés, como fazem os burricos quando, as duas patas dianteiras sobre uma mureta, pastam pacientemente folhas viçosas. É apaixonadamente vago, não sabe se deve debruçar mais baixo para recolher o que perdeu ou voltar a cabeça para o alto, de boca aberta, mendigando o maná e recebendo a chuva; não sabe; indeciso então empertiga-se e olha para você, e de fato precisa fazê-lo uma vez que você desdenha pintá-lo, mas ele não olha para nada. Será isso que ainda ontem chamavam de a Queda, madame? Será isso, aquela luz cheia de terra e aquela cabriola mui digna de corpos imóveis, será isso que não para de cair naqueles corpos que não caem porque anquinhas, couraças, realezas os seguram? Acredita que seja apenas o céu das Flandres a pesar sobre tantas urbanidades lassas trocadas por dois capitães entre duas cercas de mourões? Aquelas *Fiandeiras*, que não passam de um quadro diante do qual o gordinho se plantou, a senhora sabe o que elas fiam, madame: os carretéis estão pesados e cheios, caem, rolam, esvaziam, alguém corta, todos terminam mas não têm fim, depois de um, outro. Basta, diz a senhora; essas palavras vãs a cansam, esses quadros pomposos a angustiam. Olhe pela última vez: no canto do quadro conhecido como *As meninas*, aquele quadrado de atmosfera densa, aquela câmara desvairada na qual postam-se anãs, um calmo cão do inferno que espera, mal-amadas desabando e velhos reis no fundo como brumas de verão sobre o vazio, o pintor sevilhano morto, paleta na mão, olho indeciso, opaco como um Habsburgo, distante como um Saturno, não olha para nada e finge olhar para Goya endomingado, em maio de 1778.

Goya olhava para o que jamais poderia pintar e que por essa razão devia doravante pintar. Se quisera ombrear-se com o mais opaco, não perdera a viagem: mas tivesse ou não querido, estava feito, aquilo se engoliria e cairia no pequeno e grosso redingote como caiu outrora nas couraças da Casa d'Áustria. E ele, que não tinha a paleta sevilhana que mostrou como aquilo cai, devia entretanto mostrá-lo com o que tinha, com a paleta aragonesa remendada nos Venezianos, com seu parco entendimento e sua bazófia, ali onde o senhor sevilhano parecia tudo ouvir e nunca mentir. Pois assim caminham as belas-artes, madame: ancestrais pintam o mundo, perdem a esperança, sabem que o mundo não é nada do que veem, menos ainda do que pintam; mas chegam netos que frequentemente veem o mundo tal como os velhos o viram, e tal portanto como eles mesmos julgam vê-lo, que entre os dois se agitam ou estacam, grandes esfinges noturnas entre duas lanternas ou asnos de Buridan, que se desesperam e pintam. É assim que elas caminham, de pai para filho, anões vivos buscando equiparar-se a gigantes mortos, do morto para o vivo, o jogo dos anões gigantes. O príncipe do Bom Retiro, o sevilhano taciturno, aquele que não é mais senão sombra de cipreste ou badalada de sino nos jardins do Buen Retiro, Velásquez, nos jardins do Buen Retiro passeando, oferecendo seus despojos daqui debaixo ao frescor da noite, também queria equiparar-se por sua vez. E o príncipe dele, por sua vez, seu Senhor Retirado, talvez fosse o pintor-duque das Flandres, dos nacos de carne sangrenta e alvíssimas mulheres arrastadas na Queda, gorduchas deleitando-se com a Queda, ou, ao contrário, aquele Greco de Toledo que remou contra a correnteza, que pintou para que caíssemos menos, e do qual toda carne remonta à fonte, carne incipiente, asas, semblantes rendilhados, ar e farfalhar de ar; talvez tenha sido Ticiano, cujos ramos são de ouro puro, ou Tintoreto, quem os fez em absinto; e daquele ouro ou daquele absinto não ter conseguido extrair senão um pouco de mel terroso, eis talvez o que o afligisse à noite sob os ciprestes de Buen Retiro, o que lhe confiscou toda palavra que não fosse cortesã, que o fez comer na mão de um rei e o fez aceitar aquelas funções mercenárias, grão-camarista, grão-claviculário, grão-mestre da Loja do Palácio, cavaleiro de Santiago, para que enfim brilhasse de certa forma, ele que malograva conceber tanto a Queda desabrida quanto o enlevamento. Mas tampouco confessou; fez o que pôde; não pintou a dissipação da Queda nem a ascensão vertiginosa, tudo coisa que só os gigantes pintam; e sim, a meio caminho, senhores de carne que não conseguiam deliciar-se com a Queda e que, mesmo assim, jamais subiriam aos Céus.

É simples demais, madame? Ele já vira muitos Velásquez, nosso amigo Francisco, não houve naquele dia nem revelação, nem abismo aos seus pés. E a senhora diz que eu sequer toquei na viagem que jovem ele fez a Roma, onde teve tempo de estudar e assimilar tanto Velásquez quanto seus mestres, o melhor da pintura? É possível. Tem razão. De onde me veio essa sombria história de caverna? Ainda sonhei diante daquele caldeirão sevilhano, fui eu que ele embriagou, e gostaria que houvesse sido Goya, veja que velha tonta. Aliás, não o vê sair saracoteando ao meio-dia do Pardo, um pouco desajeitado mas todo prosa, nosso pintor sobre seu cavalo malhado? Salve, Pintor da Câmara. Ei-lo agora nas tabernas à beira do Manzanares, banqueteando-se, mais adulado pelas *majas* que nunca desde que se gaba de tutear os castelhanos, batem palmas em volta dele, todas aquelas saias coloridas se arregaçam um pouco, sentam-se, roçam em toalhas, formosos Cavalheiros riem, poetas e *matadores* esboçam gestos grandiosos e sublimes na sombra fresca, talvez já falem de liberdades vindouras que à socapa circulam, do outro lado dos Pireneus. O tricórnio está sobre a mesa, opaco, nas garrafas cheias o vinho brilha. Não vejo Velásquez. Mas quantos gladíolos sobre a água. O dia de amanhã será ainda mais bonito.

Quero me divertir

Em sua mocidade, não possuir todas as mulheres parecera-lhe intolerável escândalo. Que me ouçam bem — já que não podemos mais ouvi-lo: não se trata de seduzir. Ele agradara, como todos sem exceção, àquelas duas, sete, trinta ou cem mulheres que a cada um são conferidas segundo sua estatura e seu aspecto, sua inteligência. Não, o que o enraivecia, na rua, nas coxias e nas boticas, na mesa de todos os que o receberam, em casas de príncipes e jardins, em todos os lugares enfim por onde elas passam, era não poder decidir arbitrariamente por uma, esposa do mecenas, rapariga ou puta velha, apontá-la com o indicador, e que ela a esse gesto respondesse e prontamente se oferecesse e que da mesma forma, derrubando-a ali ou carregando-a para qualquer outro lugar, prontamente dela usufruísse. Que me entendam bem: não se tratava de obrigá-las a isso, que uma lei ou qualquer outra violência as coagisse a isso; não, mas que elas o quisessem como ele as queria, indiferente ou absolutamente, que aquele desejo lhes tirasse todo discurso, como de si próprio tirava, que espontaneamente elas enfim corressem para o fundo do bosque e mudas, acesas, sem fôlego, a tal se dispusessem para que ele as consumisse, sem outra forma de procedimento. Foi exatamente isso que ele me disse, naquela noite de julho, entre dois pigarros, e mais cruamente do que o narro: queria um salvo-conduto; o pródigo subsídio que ele esperava lhe era devido, mas ele não me disse em pagamento de que dívida, que nunca foi amortizada e cuja enormidade e impertinência o faziam rir de si próprio; não recorreu; queria calar-se, queria que nos oferecêssemos àquele silêncio; e que em todos aqueles vestidos ele fosse a única mão, tendo, como único comentário, aquele, borbulhante como uma linguagem, das voltas de seda instantaneamente arrebatadas. Não tocou um escudo, evidentemente, queria muito ou muito pouco. Talvez nisso fosse todos os homens: meu estado não me permite julgá-lo, e, por sinal, vivo retirado.

Sou cura de Nogent. Quando o conheci, ele desistira há muito tempo, e, por conseguinte, pintava. Foi o gordo Crozat quem o trouxe, ou talvez Harenger, o abade; todos esses ilustres espíritos possuem loucuras por aqui, pavilhões chineses, bosquetes com colunatas onde ceiam, escutam os violinos, as folhagens, contemplam o Marne no fim das brechas entre as árvores. Não sei qual de seus grandes protetores o hospedava na época e o instalava para o inverno naquela espécie de templozinho pagão, estival, todo em terraços e janelas, claro e ventoso como um caramanchão, que ele lutava para aquecer a despeito das grandes lareiras ardendo o dia inteiro. Frequentava a missa, talvez por formalidade (não tenho mais tanta certeza disso); eu não reparava nele; uma manhã, quando eu deixava a igreja depois do ofício das sete, ele me abordou. Isso era antes da morte do Grande Rei. O dia mal nascera, o vento frio soprava intermitentemente.

Apresentou-se, seu nome me era familiar; suas composições, não; repito, vivo retirado. Naquele fim de noite, seu aspecto me assustou. Ainda não se empoava o cabelo na época; estavam em voga a grande peruca, o casaco largo e a calça com fitas, basques e intermináveis punhos de renda. Naquele embrulho de pano, a magreza do meu homem se perdia. Talvez eu houvesse dormido mal, sua expressão não me parecia de verdade; parecia não haver um corpo ali dentro; porém, sob a mixórdia considerável dos cabelos falsos, não se podia duvidar da veracidade do rosto disputado pelo desejo de seduzir e a vontade mais vertiginosa ainda de desagradar; isso resultava numa figura estupefata, febril, suscetível; ruminei que um espectro ao nascer do dia não está mais satisfeito com seu destino e que talvez assim se sentisse mais apresentável para retornar aos seus lúgubres penates. O vento levantava um pouco sua peruca, tinha os cabelos pretos, era jovem. Tinha um nariz muito grande. Ali, nos degraus, as mãos cruzadas nas costas, considerando-me de sua altivez, o manequim dirigiu-se a mim com a voz amável e ao mesmo tempo cortante que seu semblante anunciava.

Desculpava-se pela frivolidade da solicitação; tinha grande necessidade, para uma de suas façanhas artísticas, de um rosto parecido com o meu; e, como me indignei, invocando o quão pouco vistoso era este, ordinário, tão aceitável sobre a batina de um padre quanto o poderia ser sobre a gargantilha de um mosqueteiro ou sob o balaio de um carregador, ponderou que tal qualidade não era tão comum assim num mundo em que mosqueteiros e carregadores julgavam-se fora do comum e de tudo faziam para que seu rosto o proclamasse. Insistiu, foi simpático, se é que podemos dizer, lisonjeando-me naquilo que eu era deploravelmente banal, lisonjeava-me desvalorizando-me; eu não conseguia saber se caçoava da minha cara, se ela o consternava ou se ele a admirava. Sorria, mas outra coisa parecia assombrá-lo; não era eu, acho, tão previsível e constrangido com sua impertinência, mas a ela cedendo e acabando por aceitar ser seu modelo. Cumprimentou-me com rigidez e afastou-se com grandes passadas através do vento seco. Esqueci de dizer que era alto.

Meu rosto foi pintado em duas manhãs, no pequeno templo glacial que mencionei. Aliás, a tela estava quase terminada quando cheguei: era um grande Pierrô com as mãos largadas, numa postura estúpida. Devo admiti-lo? Eu, que não tenho mais ambições, alimentara a esperança, durante o trajeto, de ser uma vez representado sob os traços de um prelado, talvez um profeta, e teria ficado mais à vontade no papel de coadjuvante em uma obra sagrada, levita por trás de Joad ou obscura testemunha da Paixão, do que no de protagonista enfarinhado que ele tencionava me fazer assumir. Quedei-me estúpido diante daquela grande coisa branca; ele fingiu preocupar-se com meu embaraço, que evidentemente previra — ria — e tentei rir também: meu rosto era qualquer um, e quem aliás me reconheceria nas casas dos cavalheiros onde nosso quadro seria pendurado? Recompus-me.

Eu observava pelas janelas o parque desfolhado; observava nas paredes e nos móveis parques mais frondosos, pintados, outonos e verões nas sebes, beiras d'água, clarões súbitos e sombras enclausuradas, como seladas, em florestas aonde ninguém entra; ali em frente, belas mulheres nos dão as costas, empertigadas, a nuca longa e nua, o vestido esvoaçante caído até os pés, fechado como a sombra dos bosques. Alguma coisa como o mundo. Espantei-me que alguém dedicasse a vida a isso, fingir as coisas e não consegui-lo plenamente, e, quando o consegue, acrescentar apenas o fugaz ao fugaz, o que não se pode ter ao que se não tem; nesse jogo de bexigas e lanternas, exaurir-se.

Disse-lhe isso, riu e mofou de mim por tanta perspicácia, depois recomeçou a resmungar. Pintando, falava pouco, mas praguejava muito; sem peruca nem gorro, vestia uma inverossímil camisola; limpava os pincéis nas meias; acrescentem-se sua expressão ofendida, sua magreza; em uma palavra, era um pintor, como o vulgo imagina que são todos, como eu mesmo os imagino: vãos e verídicos, cheios de pose e gravidade, e talvez de fato a pose seja a gravidade, que apenas ela os convença de que são pintores e os obrigue a pintar, pastorais ou obras-primas, bufonarias ou Aparições; eles também precisam se tomar por lanternas. E o meu empenhava-se muito nisso.

Não importa. Agora o infiel cabotino está morto: não esclarece muita coisa, mesmo que alguma fulaninha extasie-se escandalosamente diante de suas pregas perfeitas ou ria da minha triste figura no café aberto por Belloni, o ator, onde todos, é o que me dizem, podem vê-la nos dias que correm. Era então para isso que ele se cansava tanto? Para seduzir quem, aquela grande indústria? Ele realmente tinha tudo para ficar assustado, lutar contra nada como um Quixote, lançar todas as cores, as brilhantes, as viscosas, para cima, sobre suas meias, sobre os móveis, e, para terminar, deter-se subitamente, como o fazia diante da obra em curso, indignado. Perdi a vontade de descrevê-lo no trabalho; que saibam apenas que ele roçava na tela com pinceladas bruscas; que pintava rápido; que não havia entretanto uma polegada do seu corpo que não participasse desse quase nada; que seus largos movimentos de braço inteiro, de jarrete inteiro, de longe projetados como para chicotear violentamente a tela e gozar dessa explosão, resolviam-se numa pintalgada furtiva, numa carícia exasperada, tolhida: esboçava no ar uma rubrica despótica e assinava com uma cruzinha tremida; preparava uma gigantesca bofetada e não pespegava senão uma pinta na face de uma Colombina: tudo isso o irritava sobremaneira, esgotava-o. Na época eu imaginava que todos os pintores se comportassem daquela forma. Somente mais tarde soube pela sua boca que aquela pequena estocada, como na esgrima, não era tão comum, o que lhe valia ser classificado junto aos seus pares entre os designados, em jargão do ofício, como *petits toucheurs*.

Assim foi aprontado aquele Pierrô. Ele me deu as costas e se instalou diante de uma janela, no fim da segunda manhã. Olhei para o objeto. Vi nele alguma coisa como um homem do Oitavo Dia, Deus fatigado tendo esquecido que o homem já fora criado na antevéspera, mas sem guardar para este uma Eva na manga; vi nele, pelos traços, meu bisonho semblante; no dele, pela hebetude, mais ainda pela surpresa, a abdicação de quem pintou para nada, ainda; o de qualquer um quando acha que não o observam. Aquilo não falava, era espectro ou imbecil, todo branco, com mãos gordas de homem; atrás, choupos e pinheiros da Itália, um coadjuvante escarlate ocupado com outra coisa e os vapores azuis do calor estival: um outro verão provavelmente, há muito tempo. No parque, o vento de inverno soprava, em rajadas brancas. Ele olhava o vento.

Não me lembro se havia mulheres nesse quadro; não me pareceu, naquele inverno, que houvesse alguma em sua vida — embora uma das criadas que o gordo Crozat, ou monsieur de Jullienne, lhe deixara fosse bonita e dissimulada, mais afetada do que convém. Assim, era para distraí-lo que eu o arrastava em passeios ao longo dos lagos de carpas que a geada impregnava, embora ele reclamasse muito ao me acompanhar, não saboreando em nada a selvageria da natureza e, menos ainda, a deambulação; talvez tenha sido para distraí-lo que eu lhe disse o que era minha vida quando ele me silenciava quase tudo da sua: disseram-no taciturno, de fato o era; mas falava — do gordo Crozat, do esbelto Jullienne com seus fios de prata, seus coletes de brocado, suas gravatas, de seus senhores, enfim, ou do povinho de Nogent que cria coelhos e galinhas, faz mexericos e morre —, então era um pernóstico, alerta e gentil, cáustico, caçoando de todos com uma arte bufona que não poupava ninguém. Um bufão um pouco espectral, em todo caso; pois o que ele mais escarnecia e fustigava com irrealidade era a si próprio; ele, Monsenhor o Pintor, diante da sombra de quem fingia descobrir-se, afetando o linguajar picardiano e abrindo os olhos arregalados de um bobo da Farsa. Foi ainda para distraí-lo que levei à sua casa Agnès e Elisabeth, filha e sobrinha de um burguês amigo meu, ambas ocupadas com risadinhas, bilhetes trocados e melancolia fingida, ocupadas sobretudo em procurar um objeto que pudessem amar, inocentes mas palradeiras, lácteas, primas. Foi para distraí-lo, mas não tenho a alma tão bondosa: foi também para tentá-lo.

Ele então trabalhava numa grande composição de encomenda, para a Academia ou algum comerciante, não sei mais;

não me lembro direito desse quadro; não vejo nele mais que uma floresta alta em cujo coração seus pincéis haviam aberto uma considerável brecha pela qual degringolavam nuvens, branco, até mesmo um templozinho vagamente parecido com aquele onde ele pintava, mas espectral e refletido pela água; mulheres hesitavam diante daquela toca, como de costume. A paisagem estava pintada, as figuras apenas esboçadas; para Agnès e Elisabeth ele perguntou cheio de dedos se queriam ser aquelas mulheres — parecia constrangido com sua presença, talvez polidamente deslumbrado, e olhava muito para elas. As duas moças evidentemente indignaram-se, ruborizaram e se consultaram com o canto do olho, não disseram não; ele tinha roupas elegantes, e algumas cômicas, com que vestia as pessoas de ambos os sexos segundo encontrasse quem se dispusesse a aguentar o tranco; vasculhou em um armário e voltou com uma braçada de sedas esfarrapadas, cetins cor-de-rosa, cetins azuis, vestidos buliçosos e corpetes. Elas viam-se marquesas, batiam palmas. Ataviaram-se no cômodo contíguo, com risadas que se ouviam. Nós não olhávamos. Ele as instalou; estavam encantadas; e creio que o pintor que as intimidara a princípio logo desapareceu aos seus olhos, deixando no lugar um personagem mais próximo, de segredos mais delicados, um costureiro reservado para servi-las, atarefadíssimo em pespegar esmeradas pregas na amada pessoinha delas, um peruqueiro talvez, com aquele talento de penteá-las que ele tinha, arregaçando-lhes a cabeleira sobre a cabeça e enfiando no topo, em sua massa arrepiada, uma poupa, a fim de que tivessem as orelhas e a nuca oferecidas, as faces mais redondas e o pescoço mais próximo, qual revelado. Fez rápidos esboços, de pé, acocoradas, sentadas; quase sempre de costas; elas prestavam-se com uma boa vontade afetada àquela encenação. Ele, suscetível, pincelava a três cores como se fora uma folhagem aquelas mãos delicadas, aqueles pezinhos calçados.

Folhagem realmente? Esta se achava prestes a estremecer de outra coisa que não de brisa, o que ele percebia claramente.

Estava mais sério que nunca, sério demais. Elas lhe tiravam o fôlego; na presença delas, daqueles coraçõezinhos sobrenaturalmente trajados, afogueados por serem observados e mantidos à mercê, tornava-se outro, sua inclinação pela farsa desaparecia, a inteligência lhe escapava: mostrava apenas uma intensa contenção, bastante cômica a meu ver, uma espécie de embaraço do corpo inteiro, uma rigidez do jarrete e do braço de que apenas a mão direita se desvencilhava, autônoma, prodigiosamente livre, como sempre cortando, distorcendo, pincelando vigorosamente. O olho espreitava, mas não se sabia se exultava por ver a presa ao alcance da boca ou se em vão a conjurava para que aparecesse. Não me considerou mais do que se eu fora um móvel; eu sumira; ele só falava com uma ou com outra, em poucas palavras e bastante rudemente, para que mudasse de postura, olhasse para ele ou curvasse o pescoço; elas tomaram, creio, por laconismo de bom artesão o que não era senão o suspiro exasperado, clandestino, do ogro esfomeado amolando suas facas sob a mesa — mas disso eu soube apenas mais tarde, e elas também.

Elas voltaram muitas vezes; estavam enrabichadas por ele, ou pela pose a que ele as coagia. Não assisti mais àqueles encontros; mas sei que as primas serviram-lhe para diversos quadros, em que as pude reconhecer depois, Agnès mais loura e Elisabeth mais fornida, mais feliz, de colo mais imperioso e riso mais agudo, fascinada. Ausentei-me em janeiro, os negócios do bispo tendo-me obrigado a uma viagem. Só retornei a Nogent no fim de março. Uma noite — era na época dos dias da Paixão, anoitecia, chovia como no fim de março —, voltei à casa do pintor.

O parque abre-se acima do vale, desce suavemente em direção ao Marne; o pavilhão situa-se no meio da encosta, à direita, perto de bosquetes que o escondem um pouco; ao longo da cerca da esquerda, a estrada real mergulha em direção à ponte do Marne, que não se vê, sob uma dupla cortina de amendoeiras; entre o pavilhão e a estrada, há um vasto espaço de pradaria a descoberto, uma pradaria ingênua contra o céu, que no verão é como o que ele pinta. A chuva fustigava esse prado, o céu baixo esmagava-o, a noite caía. Eu estava encharcado, sentia-me velho. Chegava a igual distância da edificação e da estrada, sobranceava ainda a ambos; uma porta lá adiante abriu-se violentamente num estrépito de vidros foscos na tela da chuva; alguém saiu e correu pelo solo empapado, impetuosa mas desajeitadamente como correm as mulheres: era Elisabeth em cetim azul, desapertada, resplandecente, que reconheci quando passava sem me ver a poucos metros de mim, no meio da pradaria ingênua, sob o céu sujo; a água abatia seus cabelos arregaçados; a poupa pendia sobre sua face como uma asa de ave morta; ela olhava o céu branco e chorava, a boca ampla aberta por uma espécie de risada; levantava a saia com as duas mãos e se desequilibrava pesadamente em suas meias brancas, enlameada na relva. Agnès a seguia, de longe, andando celeremente mas sem correr, a mantilha puxada para cima da cabeça; pareceu-me que a chamava, e que também chorava ou ria. As duas silhuetas surgiam desastradas e apaixonadas, extremamente visíveis. A chuva aumentava. Um galope à esquerda me fez voltar a cabeça: na estrada real, incessantemente desaparecendo entre as amendoeiras escuras e reaparecendo, cavaleiros de uniforme desabalavam em direção à ponte do Marne, sobrecasaca ao vento, a cabeça no pescoço dos cavalos; cavalos e roupas de uma palidez de céu; julguei perceber a grã-cruz cruz lívida com flores-de-lis, voava como um pássaro, a noite: mosqueteiros cinzentos, provavelmente cegos sobre seus volumosos cavalos, que investiam brutalmente sob o aguaceiro em direção a um porto, um tição onde secar botas e plumas, como o fariam com a espada ao ar livre sob o fogo. As sobrecasacas afogadas desapareceram de repente, o galope arrefeceu de chofre como se calam tambores de exércitos desgarrados, extenuados, vencidos nas chuvas em Flandres: enquanto essa visão brutal reina e é abolida, as raparigas não estão mais ali, a pradaria catastrófica está mais uma vez preparada para os violinos do verão. Ele estava perto de mim, imóvel, a peruca pingando na roupa. Olhava-me boquiaberto, e, de repente, começou a rir interminavelmente: eu estava com os braços arriados, uma pose imbecil; e tentei sorrir, e a vergonha de tudo aquilo me submergiu. Não lhe pedi nada.

Partiu na primavera. Deu-me um singelo desenho de uma mulher sentada que levanta a cabeça e parece questionar acima dela alguém a quem não vemos, com um olho amável mas subserviente; talvez esteja à beira das lágrimas; podia ser Agnès, ou Elisabeth, ou qualquer outra. E claro, deu-me aquele presente com a cara de asco que sempre fazia quando seus olhos incidiam sobre um de seus produtos: sua execução era inferior ao que considerava suas ideias, via a arte muito além do que praticava, o que se era de esperar. Então o asco de Monsenhor o Pintor foi peraltear por outras plagas; no primeiro tempo bom uma caleche com as armas de Jullienne embarcou-o com seu mau humor e suas farsas, seus baús de frufrus para raparigas a pintar, sua grande peruca e as pequenas, que se começava a usar, suas molduras, seus tubos de óleo; contemplou talvez as ramagens cheias de caráter daquelas acácias, sobre o templozinho, que não pintaria mais. Não achou que voltaria a me ver.

Permaneci em Nogent, e num primeiro momento senti-me enfastiado do meu pintor, com seus saltos de humor e talvez com sua maneira áspera de me tratar, surpreender em todo caso; não me preocupei mais muito com as belas-artes; minhas únicas novidades ativeram-se à mesa de faraó onde perder alguns luíses, à missa onde continuar a fazer o mundo girar, às fofocas das burguesas, aos grandes embaraços de suas filhas prometidas e, com estas, nos dias bonitos, passeios às margens dos lagos de carpas. Às primas, desisti de falar daquele que conhecêramos, seu nome as fazia corar — não sei se era volúpia, vergonha ou lágrimas, tudo junto talvez — esquivavam-se; seu confessor não era eu, mero conhecido um tanto balofo, amante das mulheres além do que permitia seu hábito, merecedor de pouco crédito: e o mereço pouco de fato, eu, Charles Carreau, por acaso cura de Nogent, cuja verdade talvez não passe daquela, em duas manhãs de inverno decretada, da ignorância personificada e vestida de *zani*, desviando-me eternamente dos choupos, de um burro e de um Leandro escarlate, diante dos que me observam, bravamente, sobre algumas polegadas de alvaiade e óleo de linhaça. Portanto, eu nada soube do que acontecera naquela noite de cólera e de chuva, de cavaleiros, em março.

Sei que ele foi à sua Hainaut natal, onde reviu a mureta, primas crescidas por ele desenhadas, ruas onde nenhuma criança pinta; que as telhas envernizadas fabricadas pelo pai pareceram-lhe pouca coisa diante de Rubens, ou o contrário; que voltou para Paris, pois lá as saias são mais farfalhantes, os príncipes, mais eloquentes, a celebridade, menos discreta; que passeou sob as árvores do Luxemburgo, pois não gostava da natureza, mas não custa observar quando se tem de pintá-la. Dormiu na casa de Vleughels, Crozat, Gersaint, não morou em lugar nenhum e não desposou ninguém; talvez tenha tido uma aventura com aquela pastelista italiana que enviava, daquelas Florença, Roma e Nápoles que ele não conheceria, cartas para o *Signor Vato*; mas pintou muitas mulheres sussurrando, suspirando ou pensando em outra coisa, que não diziam sim nem não; e diante delas briosamente homens instalavam-se e tocavam a grande tiorba, em vão. Disseram-me que na ponte Notre-Dame suas obras foram penduradas na tabuleta do Grand-Monaque e agradaram; que tudo lhe sorria e que seu grande autodomínio não passava de pose. Sei que sua fúria ganhou seus pulmões, que seu humor negro permanentemente instalado e agora visível transformou-se naquela tosse, escura e curta como sua pincelada; que a exasperação de ter que pintar acresceu-se da de ter que morrer; e que o escândalo de não possuir todas as mulheres transformou-se no de não as ter a todas possuído, mais intolerável. Mas ignoro por que as seduzia, degradava talvez ou sufocava; não, não sei nada do que se passava e turbilhonava quando o sorriso das modelos tornava-se outra coisa, quando então permaneciam no ateliê, subjugadas ou aterrorizadas, ou punham-se a correr sob a chuva, quando o mundo inteiro talvez, frufrus, belos céus e grande indústria, tornava-se alguma coisa como uma investida de cavalaria, um galope funesto na noite, o que não se pinta.

No fim da primavera de 1721, ele voltou. E dessa vez foi realmente Haranger quem o trouxe, Haranger, o abade; quem o trouxe e logo dele se desfez, fincou-o ali, onde não compadeceria mais os príncipes, nem tossiria mais sobre ombros nus de marquesas, não obstante hospedado como um príncipe, pois algumas coisas pomposas, as belas-artes, a morte próxima, um nome feito, exigem cuidados; na mais bela casa de Nogent, um palácio rococó com fontes, além de um parque e terraços sob enxames de folhas de ouro, a casa de verão de Le Fevre, que não era visto por lá, o intendente dos Entretenimentos do Rei, íntimo dos Orléans; no Marne. Na época eu não sabia que ele estava lá.

Encontrei-o um meio-dia na estrada de Charenton. Não choveu mais no verão daquele ano, e abril já estava seco; na estrada poeirenta, avistei um lacaiozinho todo empoeirado caminhando com cavaletes e tripés nas costas, grandes latas coloridas; fiquei com o coração apertado, julguei sentir um cheiro outrora conhecido no inverno; havia alguém sentado debaixo de macieiras, curvado. Fiz a cadeirinha parar, desci; era ele, que erguia a cabeça e me observava caminhar em sua direção, boquiaberto.

A sombra rósea da macieira debruçava-se sobre ele; outros o cercavam com delicadeza, arrepolhados, vastos e tremelicosos como vestidos pintados; o tempo azul reinava em volta, fumegava sobre folhagens novas: tudo, dessa vez, estava como o que ele pintava, exceto ele. A velhice, que ele pouco representou e em que provavelmente não pensava, arrebatara-o moço; não tinha 40 anos, parecia 60; e me pareceu cruelmente justo que a grande fadiga de tantos prazeres pintados se pintasse em seus traços. Sob a seda da roupa, o rigor da meia e a escada de fitas da gravata, tudo anunciava a derrocada final: não passava de pele e osso, rugas sardônicas e sinistras nos olhos; o narigão projetava-se extraordinariamente; o cabelo estava branco, como a peruca pousada no colo; um novo espectro, mas à luz do dia e suando como um homem doente na estrada ensolarada de Charenton, longe de seus glaciais penates. O olho arregalado insatisfeito pôs-se a rir, levantou-se numa penosa cabriola. Estava contente em me ver.

Deu-me o "Vossa Eminência", como em outros tempos; começou a falar com volubilidade, sempre estupefato e dessa vez genuinamente febril. Contou-me que abandonara Crozat, Gersaint, Jullienne, no fim das contas biscateiros; que agora estávamos na casa de Le Fevre, mimados como um persa, servidos como o mongol, sibaritas; que ali pintávamos as coisinhas de sempre, para não perdermos a mão, singelas folhagens, singelas marquesas, singelos *zanis*, toda a ópera banal que se pode traçar e fazer dançar de olhos fechados, o interminável minuetinho; que se Sua Eminência se dignasse passar achar-se-ia em terras conhecidas, tanto os pierrôs desenhavam-se por si sós; que lá ceava-se tarde, tendo em vista que a vida é curta; que lá iam raparigas; que lá se era o intendente dos Entretenimentos de si próprio, Monsenhor o Pintor. Exaltava-se; lançou-se numa imitação de Le Fevre, afetado, pincelando o ar com uma cigarreira, uma porcelana, indignando-se como o outro ao som ausente de um oboé, requebrando os olhos para as meninas de que o outro era ávido. Eu ria. Parou no meio de sua farsa, lívido, suando em bicas, como se lembrasse de alguma coisa que por um instante esquecera e que lhe retornava de supetão ao peito como uma mulher fujona, mas esta não tinha corpo, nem nome nem vestido. Pôs a peruca, cumprimentou-me com rigidez e apoiou-se no lacaiozinho; tossia; ofereci-lhe minha cadeirinha, ele gaguejou uma recusa, depois, com um gesto largo e escarnecedor abraçando as frondes próximas: "Árvores a pintar, Vossa Eminência", e com asco: "Árvores!" Afastou-se escorado no ombro do coitado empoeirado; o cor-de-rosa das macieiras, sem peso, voava no céu azul.

Na casa de Le Fevre, era sinistro. Lá, o sibarita vivia de pão esfregado na cebola; lá, o mongol era servido exclusivamente por aquele lacaiozinho borra-botas, que também carregava seu senhor pela metade quando ele se arrastava para fora e a quem eventualmente faziam carregar um violoncelo ou um chapéu de arlequim, e então ele transformava-se em cores e quase queria dizer alguma coisa também, ele que não falava muito e tão pouco sugeria; quanto às raparigas, vi apenas a criada dada por Crozat e da qual ele não se desfizera, embora ela não fizesse nada; ria entre duas portas, passava batom e deitava-se sob as árvores do parque, exasperava-o; ele não era feiticeiro para adivinhar a natureza de suas relações. Nos salões, nas alcovas maneiristas e nos quartos da ala norte que ocupava sozinho, amontoara desordenadamente nos cantos os móveis, os bibelôs da China, as tabaqueiras e as madrepérolas, fincara seus cavaletes por toda parte e suas tintas estragavam os tapetes; todo ele era ateliê, a imagem daquele mundo morto e incuravelmente a ser pintado, numa urgência crescente, dessa vez bem real, com sua velha fúria, bem fundamentada dessa vez, acerca da qual não se sabia se explodia continuamente ou se adiava eternamente a explosão, pincelada atrás de pincelada, pigarro atrás de pigarro, rigodãozinho atrás de minuetinho que pestíferas dançavam corajosamente em vez de se prostrarem incontinenti, negras, boca escancarada, bulbos corrosivos: mas não as víamos cair, perguntavam num sopro o nome de uma árvore, de uma canção, beliscavam suas saias com dois dedos e rodopiavam no passo seguinte. E então lá dentro, todas as janelas fechadas no verão, entre as fumigações espessas de heléboro e borago que o médico de Londres lhe ordenara, entre as fedentinas da essência e do óleo untuoso, naquele hospital irrespirável onde marquesinhas teimosas, malucas, sorriam insuportavelmente para as gralhas, sussurravam de tela em tela, sua tosse reinava, desdobrava-se até os tetos concebidos por Coypel e trabalhados por ourives, ebanistas, pintores, vinte guildas, subia as escadarias e colidia com as mansardas, desabrochava na corbelha dos lustres, tamborilava nas janelas, quem sabe apelava ao sol, mas não, não saía, apenas escarrava um pouco de púrpura sobre o púrpura pintado dos choupos no outono, era prisioneiro, precipitava-se para fora e no entanto continuava na jaula do carcereiro, lamentável como uma grande tiorba carcomida. Permanecia no palácio de Le Fevre. Sob o sol de 1721. Aquela grande arca, aquele tambor de pedra branca sob as árvores onde aquilo percutia, aquilo que o matava e vinha do peito.

Tamborilou por três meses. Em Paris muita coisa é sabida sobre esse período, e não contarei as visitas diárias que lhe fiz, as quais espero lhe tenham sido benéficas, embora em absoluto apenas a caridade lá me levasse; sabemos que se reconciliou com Pater, o companheiro indócil, que lá passou algumas semanas, entre as fumigações e os sermões de escola; que ele, que ia morrer, deu ao outro o presente de tratá-lo como pintor, quando o considerava um *petit maître*; que vieram Crozat e Jullienne, Gersaint, Caylus, saltando como o vento de carruagens com suas armas, com telas enigmáticas embrulhadas sob os braços, solenes de focinho e de peruca, mas vagamente gaiatos; que as carnes pintadas nesse período continuaram róseas e os céus, azuis, pois a morte não pode ser representada senão por efeitos grosseiros, podridão e paleta de turfa, ao que ele tinha aversão, ou, ao contrário, assunções por demais reluzentes em violetas de íris perpassados por amarelos-cromo, que não combinavam com sua maneira e por que talvez também tivesse asco; que se matava no trabalho, como se diz, pois precisava com efeito de uma vez por todas rubricar seu cantinho lendário, com o pouco que ainda tinha de vivo. Acredita-se que glória tão precoce e jamais desmentida o houvesse recompensado pelos seus sofrimentos, e que ele não experimentaria outros senão o de ter que morrer. Mas ninguém sabe nada sobre o dia em que ele me mostrou a extensão da dívida que o mundo não lhe pagara, o que ele supria clandestinamente, silenciosamente, com uma moeda falsa de sua lavra que muito pouco o reembolsava; que o delicado violoncelista fora roubado; e que morreu qual um mendigo, credor achincalhado e sufocado por pensamentos celerados a dois passos de um tesouro que ele batia o pé que era seu, que lho haviam surrupiado.

Ele estava deitado num salão azul, embaixo; estivera às voltas com um daqueles terríveis acesos de tosse que o prostravam de roupa e tudo na cama mais próxima e o agitavam ali horas a fio, aquela tosse apaixonada que o alquebrava. Recuperava um pouco de fôlego; havia sangue na renda de sua gravata; arquejava entre espelhos, a cabeça pendida, o olho perdido. Eu precisava ajudá-lo, e sabia muito bem que exortações devotas pouco efeito exerciam sobre ele; não sei por que tive a ideia de elogiar sua pintura, eu, mal posicionado para julgar dela e que até então não tinha em absoluto me atrevido a fazê-lo — a propósito, ele nunca pedia a ninguém opinião a respeito, silenciava com aquela segurança ofendida ou zombeteira que mencionei. Eu então lhe falava do deleite que me suscitavam seus trabalhos, suas analogias e suas marquesas. Como não percebera eu que seu orgulho estava ferido? Soerguera-se sobre o cotovelo e me olhava fixamente; pela primeira vez provavelmente eu o interessava, era diferente daquele *zani* de que ele tanto gostava, aquele padre de quem mofava, eu o recompensava um pouco, mas não era suficiente, nunca seria suficiente. Arvorei-me em bom apóstolo, garanti que no final ele conseguira forjar o mundo; a grosseria da mentira me deteve. Erguera-se completamente, olhava os pássaros fugindo em *trompe-l'oeil* no teto, batendo as asas; deu uma risadinha que não me surpreendeu. Assobiou entre os dentes, sem raiva: "Isso é tudo?" Depois, desamparado como uma criança, queixoso: "Minhas promissórias?"

Era o pintor mais bem pago dessa época. Que houvesse vivido como eremita, era seu jeito, capricho ou avareza; mas podia comprar do próprio bolso um palácio branco e árvores para lá tossir à vontade, gastar naquele grande leito de morte as promissórias principescas ano após ano prodigalizadas por Gersaint, Jullienne, os Orléans. Recusava-se a compreender; eu o interrogava com o olhar, sem uma palavra. Ele parecia hesitar; alguma coisa de juvenil animou-o fugazmente, como em outros tempos; levantou-se de um pulo que o deve ter esgotado, pegou em sua roupa a chave da ala sul, que me estendeu; tremia; "Veja o senhor mesmo", disse; e com uma espécie de ternura: "Será que Pierrô já viu alguma coisa como o que vai ver?"

Empurrou-me com vigor para fora; voltei-me para esperá-lo, fez-me sinal para continuar sozinho; ouvi atrás de mim outro pigarro, com o que a porta da arca se fechou, tamborilou um pouco nas janelas, calou-se.

Todos esses grandes mistérios, aquela chave estilo barba-azul, me haviam preparado para o pior, para alguma vileza. Empurrei a porta da ala sul, perambulei pelas alcovas: não vi ali nenhum crime, mas muita libertinagem e, de sua mão, belíssimos quadros. Não era grande coisa, na verdade; somente mulheres nuas em pelo no auge do prazer, amplas e expostas, pomposas como Rubens, gozando enfaticamente sobre um tapete de vestidos vaporosos jazidos e folhas, no coração daqueles bosques cuja orla ele sempre pintara. Somente carnes exageradas de mulheres miniaturizadas à luz do dia, sobrenaturalmente desfeitas; decerto ali também figurava, acessoriamente, o que lhes dá prazer, a única parte fútil e voluntária do homem que lhes interessa, às voltas com seu transbordamento; mas a inflexão do pescoço, a oferenda do punho e a fuga da coxa bastavam para indicar os excessos de seu júbilo, e o pintor poderia ter-se eximido de figurar o que a figurava em demasia. Esses arrebatamentos tinham rostos; eram as mesmas mulheres, as de sempre, as que atravessam uma vida e sobre as quais por acaso o desejo se detém, as Agnès, as Elisabeth, a esposa de Gersaint, todas as esposas, as filhas e suas mães, as desmioladas e as ranhetas, uma pastelista italiana provavelmente, a criada dos pequenos trejeitos; mas não eram exatamente as mesmas; pois estas dependiam da boa vontade daquele homem escuro caidinho por elas, aquele *maestro* cujo perfil perdido confundia-se com as folhagens, ensombrecido tanto quanto eram claras as carnes, espectro ou pura emanação das árvores, mas se ele houvesse se voltado para nós talvez tivéssemos reconhecido o narigão e a boca ofendida: ele as possuía. Possuía? Era ele, com sua pincelada e incalculável inveja, a causa e o beneficiário daquelas mil mortes de que elas não morriam? Não possuía nada; elas ainda se iam, à mercê ali pregadas escapavam, tanto a criadita que ele

possuíra como a esposa de Gersaint que ele não possuíra, como
Elisabeth que ele talvez tenha possuído, subjugado e possuído,
aterrorizado e possuído, escandalizado e não possuído, e tanto
faz se pousou ou não a mão sobre elas, uma vez que elas não
dedicavam sua embriaguez a ninguém; ele não era o Único Objeto; e ali, estilhaçadas pelos seus cuidados, seu desejo, sua pincelada, rodopiavam, mais uma vez ofereciam para nada, para o
vento dos parques, para a noite que cai, o tumulto de sua boca,
a convulsão de suas entranhas, e todo aquele branco esguichado
desde o olho branco até a barriga. Fugiam. E, claro, não eram
mais as singelas cabriolas, os sutis sussurros tergiversadores que
correm nos minuetos, os *talvez*, os *daqui a pouquinho*, os *vamos ver*, que incansavelmente ricocheteiam plateias campestres
em concertos; era a grande debandada simplesmente, o *é para
já*, o *agora*, e ao mesmo tempo o grito, que decerto explodia
e rutilava, subia em linha reta até a fronde das árvores como
se fora o próprio meio-dia que gritasse, e era de fato o meio-dia que gritava, pois aquilo não estava mais ali para ninguém,
e ninguém, nem aquele que era a causa supérflua do prazer,
nem aquela que era seu extravagante efeito, estava mais lá; e
aquela que assim gritava, que finalmente terminara de falar,
de se julgar alguém com nome e vestido, madame de Jullienne,
mesdemoiselles de Jullienne, Elisabeth ou uma criada encardida, aquela não obstante de quem se reconheciam os traços, a
bochecha estufada e a boca, o pescoço comprido e o colo, esta
aniquilava-se incontinenti em seu grito, desaparecia, tornava-se
aquela criatura superlativa, exaltada e feroz que, sob diferentes
ouropéis, era sempre a mesma e todas ao mesmo tempo, intercambiável, antinatural, aquela Lilith indiferenciada que rangia
os dentes e revolvia os olhos, mais fictícia que os anjos, qual
anjos provida de um corpo glorioso e de uma carne de fábula, e
da mesma forma entoando uma espécie de canto escandaloso.

Ouço o sussurro de seus parques, o vento, as boquinhas alvissareiras, recalcitrantes, os cetins a farfalhar. Era disso que ele
precisava, maneirices, palavras e cetim, música. Cobria aquele

grito com isso. Lá embaixo, pintava aquele grito. Aquele grito ou aquele silêncio prodigioso que reinava na ala sul, o grito intenso das mulheres que no começo ouvimos, no terror e na asfixia, quando aparecemos neste mundo que não nos reembolsará.

Saí; podia ser seis horas, a tarde estava bonita; as tílias embalsamavam o ar; na franja da pradaria vizinha, dois cavaleiros de sobrecasaca gracejavam; o sol da tardinha exaltava os penachos, nos jovens ombros a grã-cruz com flores-de-lis azulava na sombra como asas; eles haviam descido de seus cavalos e, com uma das mãos no arção, admiravam delicadamente meninas cantando na pradaria.

> Venha à ilha de Citera
> Em peregrinação conosco
> Lá fazemos grandes festas
> Com divertimentos saborosos.

Ele ainda tossia no salão azul. Disse-me o pouco que tinha a dizer: que em sua mocidade não possuir todas as mulheres parecera-lhe intolerável escândalo. Tinha 37 anos.

Declinou rapidamente. Não tinha ilusões acerca do desfecho de sua doença, rechaço obstinado do ar que respiramos, negação do ar, um não cem vezes reiterado e tão peremptório quanto o sim extático das mulheres da ala sul, o não encarnado que os lábios não dizem mais, mas sim o corpo inteiro, a arca, com o burlesco assentimento de cabeça que faz crer que aquele que tosse diz sim, repete sim até o cadáver: e teria sido muito esperto quem pudesse dizer que melodia ele assim cuspia, qual precisamente entre todas que respirara até aquele dia, a melodia maravilhosa e peçonhenta de uma infância flamenga, a melodia que pincelada sobre pincelada azuleja o verão dos quadros, aquela que de uma pincelada vertical azuleja os lagos nas manhãs de verão, o vento louro dos jardins que vagueia em torno das nucas, dos coques, a viragem do vento nas faces quando levantamos saias no fundo dos bosques, as atmosferas, o tempo que faz, o tempo que fizera todos os dias de sua vida, em todos os quadros de sua vida, que não era o mesmo tempo; o ar glorioso de Paris quando você descobre que no céu um quadro de sua mão serve de tabuleta para Gersaint; o ar triunfante dos pátios; o ar opressivo das mansardas; o ar nauseabundo de Londres enfim, onde você é informado de que sua doença tem nome, consumição, que é isso que você escarra quando fica na dúvida se aquilo se chama pintura, ou mundo, ou mulheres. Muito esperto quem pudesse dizer se era o mundo ou a pintura que ele escarrava ou sua irrespirável mistura; se era o heléboro e o borago que seus pulmões expulsavam ou os verdes Véronèse; ou sobre uns e outros o ar rememorado dos empoamentos, das maquiagens. Quanto a mim, não posso dizê-lo; não sou médico, graças a Deus.

Ele não saía mais do salão azul. Não é preciso muito espaço para morrer. Ali, no segundo domingo de julho, por volta do meio-dia, pediu-me que destruísse as telas da ala sul, sentindo-se fraco demais para fazê-lo pessoalmente. Não era o que eu queria; depois que passei a conviver com ele, as exigências da arte me intimidam; pressinto-as estafantes, sutis, mais frágeis que o que vivo. Recusei então; a cólera que eu esperava não veio. Ele me disse num tom de grande cansaço que sua memória devia ser respeitável, já que ele próprio não o era; que o que não passara a princípio do avesso publicado de sua obra desconhecida, o minuetinho, oboés, prelúdios e lençóis, acabara tornando-se o lugar dela, para todos, talvez para si mesmo; que a frente, a origem, a pintura celerada e extasiada sobre a qual o resto fora pintado, lançado como o vestido na barriga ou o verbo na língua, não tinha mais existência e não merecia sobreviver mais que os vagidos do recém-nascido e do moribundo, os segredinhos de parteira e de polichinelo: que talvez não passasse disso, a pintura, desse jogo de vestidos. E apenas esse jogo merecia durar. Legava sua musiquinha de câmara; pouco lhe importava que nela se ouvisse ou não o eco dos grandes órgãos que jamais tocara senão para si mesmo: mal ou bem tivesse tocado, isso não interessava mais que o Ser incorpóreo que funda nossas pinturas e talvez as aceite, mire-se nelas, no meio do seu reduto de coros ainda tenha um ouvido para nossos fiapos de música, sabendo que a carne nos basta em excesso, não nos basta. Aos anjos suas meretrizes, aos homens suas marquesas: não voltaria a essa demarcação. Disse também, e sua cólera aumentava, que queria gozar com elas uma última vez, entregues às chamas.

Queimei-as.

Isso levou metade de um dia. O lacaiozinho me ajudava, trazia-as uma a uma, voltava a sair; não sei se já as tinha visto, mas as olhava como provavelmente um dia na casa do gordo Crozat olhara da copa os comensais das ceias, castiçais às miríades e trufas, codornas, champanhes de ouro branco. Fiz uma fogueira sobre a pedra quente do terraço, perto das tílias, em frente ao salão azul, e naquela fogueira desapareceram todas. Às três horas o sol atingiu o terraço, e elas entraram naquele sol. Faiscavam; não se via sua chama, não se viam fagulhas, no ar branco o sol chamejava mais forte; não brilhavam muito; era apenas um sacrificiozinho mundano, nada sério, num palácio frívolo, ou tão somente um brulote de refugos, velhos farrapos imprestáveis que um velhinho cansado, abade ou campônio, todo de preto e curvado sob enormes tílias claras, atiçava sozinho até o anoitecer.

Talvez ele, sentado numa poltrona atrás da janela aberta, na sombra, de gravata para a cerimônia, peruca, luvas brancas e veludo vermelho, pose solene e dissimuladamente espectral, claro, todo suscetibilidade e magreza, longe de seus penates caso os tivesse, talvez ele, por sua vez, visse outra coisa naquilo: seguramente não o que teria querido que acreditássemos que via, um harém qualquer de pano pegando fogo para um teatro agônico, a sombra chinesa de um rei nariguda; talvez as assunções, amarelas de cromo e azul, que ele nunca pintara; uma confraternização campestre com campos, uma fogueira, dois homens, nada de mulheres vivas; decerto priminhas acariciadas numa infância em Valenciennes; ou muito simplesmente o que havia para se ver, o que ele sempre vira, fixado pelo menos uma vez na tabuleta um dia pintada para Gersaint: homens obscuros tirando quadros das paredes, enfiando-os com os pés em caixas de madeira seca perto das quais um feixe de lenha espera para ser ateado, soterrando-os, e um velho ressabiado pela última vez apascentando-se com carnes pintadas antes do cair do pano, a grande e definitiva Ensaiotada já debruçada sobre seu ombro, segurando seu lornhão como outrora a foice. Ele aproximava às vezes um pouco a cabeça e, com as mãos no parapeito da janela, soerguia-se, içava no sol a roupa vermelha, a peruca, para ver quem estava queimando; em seguida ia-se na sombra, ofendido. Disse: *esse rascunho não vale nada*; disse: *ninguém vai gostar destas*; disse também: *Pierrô não interessa*; e mais tarde, em voz alta, como um grito neutro: *Marie-Louise Gersaint*. A velha ofensa palpitava em seus lábios. Tossiu longamente, a gravata na boca.

No fim do dia, as meninas voltaram a cantar na pradaria; os últimos chassis fumegavam sobre tições; talvez tivessem visto aquele velho homem, na casa de Le Fevre, esgotado, queimando refugos ou farrapos. O rei narigudo, a roupa vermelha na sombra, elas não viram. Davam-se as mãos; passavam da sombra à luz e as saias mudavam; seu canto entre as tílias pareceu-me tão dilacerante quanto a fumaça de uma obra se apagando; pensei na minha mocidade, no hábito que visto, nas oportunidades desperdiçadas. Contemplei-as longamente. O lacaiozinho me puxou pela manga, mostrou-me a janela, gracejando: ele dormira comportadamente, o nariz na gravata, embalado por cantos pós-carnificina, como um capitão, como uma criança.

> Venha à ilha de Citera
> Em peregrinação conosco
> Rapariga não volta de lá
> Sem amante ou esposo.

Morreu no 18. Pela manhã, formou-se uma tempestade. Não havia brisa, nada senão árvores paradas no céu branco. A tempestade não explodia, nada sobrevinha. Na expectativa, desabafara: disse que nunca pintara o mau tempo; disse que sua pintura era alegre; afirmou que ele próprio o fora, e, penosamente soerguendo-se nos cotovelos, implorou-me para confortá-lo naquele pensamento. Sim, eu lhe disse, só houvera alegria e prazeres. A tempestade tardava; quis um crucifixo; estendi-lhe o meu, que é de pífia execução mas cuja arte basta para a boa gente daqui, para seu derradeiro relance; eu rezava; houve algo como uma risada, o crucifixo caiu: "Tire isso de perto de mim, ele disse. Será possível que tenham acomodado tão mal o meu mestre?" Depois: "Seu rosto me basta." Este último capricho me emocionou mais do que o seria capaz de dizer. Houve algumas trovoadas, sem vento; as árvores de pedra debruçaram-se sobre Monsenhor o Pintor como Monsenhores taciturnos; um relâmpago carregou o excêntrico escandalizado, na tarde declinante, na hora em que os vestidos começam a se armar nos terraços assediados pelas fontes, a folhagem inumerável.

Por volta das sete horas a chuva começou a cair. As árvores recuperaram sua veneranda grandiloquência; Watteau estava frio. Deixei-o para a criada aos prantos, para o lacaiozinho atônito. No parque, sob o céu cinzento, a caminho de uma pequena cura, não vi raparigas nem mosqueteiros, nem coros, nem poupas nem girândolas. Pássaros saem das árvores, para elas retornam. Os céus mudam, nem suas chuvas nem seus sóis nos recompensam. Quem resgatará nossas promissórias? Que senhor contabilizará esses escudos? Ouço suas jovens filhas sussurrar, e as outras, suas mulheres, ouço-as gritar. Talvez esperem promissórias também. Agora, estou sozinho no mundo; morrerei num desses outonos. O outono chega, as coisas amarelecem; processões de raparigas partem pela manhã com cestas de frutas, projetos amorosos, usam vestidos e batom, riem, esfregam-se em roupas escarlates; mais tarde no dia, quedam-se desfeitas ao pé das árvores; eu, por minha vez, na esteira dessa procissão, abandonado, cansado demais para continuar, permaneço estático, arrio os braços e olho para vocês.

Confia neste sinal

Vasari, isto é, a lenda, conta que Lorentino, pintor de Arezzo e discípulo de Piero, era pobre; que tinha família numerosa; que não conhecia o repouso; que pintava por encomenda, *d'après nature*, fabriqueiros ou priores, comerciantes; que provavelmente pelejando traço a traço com o efêmero pelos rostos desses homens abastados sua mão esforçava-se para ter a impiedosa indulgência da mão de Piero, e estava longe de o conseguir; que acontecia também de não ter encomenda; que num singelo mês de fevereiro no finzinho do Quattrocento, ninguém sabe o ano uma vez que Vasari não diz palavra, o discípulo não tinha com que comprar um porco. Mesmo assim seus filhinhos suplicavam-lhe que matasse aquele porco que ele não tinha, como se faz nessa época do ano na Toscana e por outras bandas, quando se tem um. "Sem dinheiro, como fará para comprar o porco, papai?", diziam. E Lorentino, conta-nos Vasari escrevendo ao sabor da pena cinquenta anos mais tarde em seu estapafúrdio palácio nessa mesma Arezzo, seu pequeno Vaticano nascido de sua mão tão débil para pintar quanto exímia ao escrever, Lorentino respondia aos filhos que algum santo lhes valeria: isso provavelmente porque Lorentino era devoto ou estoico, porque praticava a Esperança ou então provocava aquela invisível justiça imanente cuja omissão é a última decepção dos artistas decepcionados; e porque Vasari, pintor sem talento e escritor adorável, era romanesco. Chegaram o Santo Antônio, o São Vicente, o São Blaise, e Lorentino, fosse virtude teologal ou capricho de autor, deu a mesma resposta no Santo Antônio, no São Vicente e no São Blaise. Mas chegou finalmente a Terça-Feira Gorda, e o santo não dava as caras. Quando todos já se preparavam para celebrar a festa gorda com favas, quando estas já estavam no fogo, eis que surge um campônio naquele bairro pobre da baixa Arezzo. Bateu à casa do pintor: para pagar uma promessa, queria que lhe fizessem um retrato de são Martinho, mas para pagar esse retrato tinha apenas um porco de dez libras.

A cena é simpática e nos parece vir de um século mais antigo. Vasari não a menciona. Era antes do jantar. Ao longo do dia o campônio fora escorraçado dos diferentes ateliês da cidade alta, fora empurrado e humilhado, não parecia vir da Arcádia; as perneiras caíam sobre seus joelhos; usava um pequeno gorro de lã bem apertado acima das orelhas; era corpulento, as faces com aquele vermelho, fruto de se trabalhar do lado de fora em qualquer tempo e que é como a vergonha de se trabalhar do lado de fora em qualquer tempo. Podia ter 40 anos e exprimia aquela habitual mistura de estupefação e malícia exprimida pelo campo nos homens dele nascidos; resmungava na rua à cata daquele pintor sem tabuleta que em desespero de causa ou por pilhéria lhe haviam aconselhado consultar. Fazia frio; o vento que soprava de La Verna, das neves, engolfava-se no grande céu claro e embaixo fustigava os ombros daquele campônio, arqueando-o um pouco. Lorentino abriu a porta: era corpulento também, com um gorro, mas mais velho que o campônio, e claro, de baixa estatura, como seu nome sugere; seu gorro era vermelho. Ofegava ao falar, por causa do frio, das escadas, da angústia, da idade; não sobrou muito o que falar, pois o campônio, com o luxo de explicação e talento digressivo que lhes dão o trato com um citadino, o pânico de não ser por ele compreendido e, mais profundamente, sua angústia de estar no mundo sem possuir palavras suficientes para testemunhar que elas existem, o campônio lançara-se num longo e obscuro discurso. Falava apressadamente, com estalidos de voz; permanecia na soleira da porta, por instantes o vento de La Verna levantava pequenas mechas de cabelo sob seu gorro; segurava pela ponta de uma correia resistente um leitão — ou o carregava nos braços, pois dez libras não pesam tanto e decerto queremos que ele pese nas dez libras o leitãozinho. Lorentino observava o leitão. Enquanto o outro falou, observou o leitão.

O vento de La Verna tirava o pouco de fôlego que ele tinha. Ouvia algo como sinos. Ainda assim, entendeu que são Martinho interviera em pessoa na vida daquele labrego de verbo obscuro, cuja mãe ele curara, alguma velha Maria, de uma longa doença que a fazia gemer; que a velha Maria cambeteava agora com um cajado atrás de outros porcos, porque o coração de são Martinho e sua mão eficiente que não se veem não protegem apenas os duques, as velhas Marias também; mas que aquele porco que ele tinha ali era o mais gordo, que não podia oferecer nada melhor a são Martinho: o santo e a velha eram o mais claro de suas palavras, dançavam no meio. Lorentino entendeu muito bem que aquele labrego gostava da mãe, e temia vagamente a mão por demais eficiente dos santos; e aquilo não o surpreendeu. Mas por trás daquilo, por trás da dança claudicante da mãe e do santo, o campônio tentava exprimir uma coisa surpreendente de outra forma; alguma coisa que não estava acostumado a nomear. Não é fácil saber como sugerira aquela ideia, por que metáforas dela se aproximava, pois não estamos mais no Quattrocento, não partimos com a aurora rumo à cidade com um leitão nos braços; mas sugerira a ideia. Sim, ninguém sabia por que em sua gleba remota este se apaixonara pela magia das imagens. E o dizia à sua maneira. O pintor fitou-o por um instante. O pintor compreendeu que por respeito a uma dessas hierarquias desconjuntadas arquitetadas bem longe das imagens, nos vastos campos e nos trabalhos sórdidos, à sua hierarquia pessoal e portanto pouco confessável, aquele campônio colocara as imagens no topo; e, ao ver a mãe moribunda, em sua aflição prometera irrefletidamente ao santo o que julgava mais longe de si mesmo, mais recusável e impenetrável, aquilo que os príncipes compram ao preço de uma fazenda e que é executado com cores que valem meia-fazenda, e que de toda forma permanece inalcançável, ainda que pago com um principado: um retrato, um objeto à semelhança do santo, uma coisa pintada mais uma vez imprimindo-lhe aparência caso ele se dispusesse a imprimir um pouco de vida na velha Maria. E claro que ele não acreditara naquilo, não tivera esperança na cura, o labrego, pois de outra forma não teria se endividado tão imoderadamente. Aquela dívida o deixava estupefato.

Parou de repente no fim do punhado de palavras do seu estoque e que por um bom tempo combinara das mais diversas formas. O cheiro das favas os alcançava, lembrou-se de que não comera desde o amanhecer. Os olhos do leitão iam de uma coisa a outra, com indiferença e terror. A velha e o santo afastavam-se dançando no vento; Lorentino olhou para eles, depois para aquele homem que se lhe assemelhava um pouco, depois novamente para o leitão. Aceitou prontamente, isto é, assim que o outro terminou aquela história que contara cem vezes ao longo do dia pelos ateliês de Arezzo, assim que estarrecido ele simplesmente quedou-se e esperou, olhando para o pintor e ruminando que pelo menos aquele o escutara até o fim e não o interrompera; aceitou e o outro logo o menosprezou, receando bancar o trouxa desconfiou, ou melhor, como também praticamos a Esperança, agradeceu com dois joelhos. E podemos inclusive imaginar que com firmeza mas delicadeza Lorentino o reergueu, como nos afrescos do mestre o velho Salomão reergue a rainha de Sabá, embora não fosse entre eles questão de amor nem de reinado, embora fossem ambos homens envelhecidos e um tanto gordos. Fizeram um acordo. O campônio afastou-se para o campo falando sozinho, talvez com uma escudela de favas na barriga, talvez não, mas sem o porco. O vento fazia-o dançar um pouco também. Anoitecia.

Não sabemos se são Martinho estava assistindo à cena, e, nesse caso, se estava do lado do campônio ou de Lorentino. Este refletia na grande sala de baixo, o ateliê, tendo em suas pernas o animal que não tinha mais muito tempo, mas muitas coisas para olhar com indiferença e terror. Perguntou-se se teria cores suficientes com o que lhe restava da última encomenda, decidiu que sim. E pelo motivo dessa encomenda extravagante, no qual pensou antes mesmo de matar o porco, não ficou quebrando a cabeça e resolveu que faria o santo em sua cena mais conhecida, quando a cavalo ou com os pés no chão divide em dois seu manto de cavalaria e estende ao mendigo a metade que lhe valerá os céus; e, claro, romano, guerreiro, com uma couraça. Mas para os modelos desses dois personagens, seu aspecto de homens, hesitou. Pensou primeiro em dar ao mendigo seus próprios traços, ao santo os do finado Piero; mas alguma coisa nessa ideia o envergonhou. Continuando ele mesmo como mendigo, pensou que o santo poderia ter o rosto daquele campônio, com vinte anos a menos; mas teve vergonha dessa ideia também, um pintor nada tem a receber de um campônio. Resignou-se finalmente a sair daquele quadro no qual não se via de utilidade e decretou para o santo a fisionomia do mestre tal como era em sua força, em seus andaimes em San Francesco entre os Constantinos e as rainhas de Sabá, e nessa época ele já tinha bem uns 40 anos, mas a lembrança do ex-discípulo o remoçaria; e para o mendigo o rosto finório, assustado, do camponês daqui de baixo. Mas talvez tenha feito outra coisa, o que é irrelevante. Lorentino sentia-se contrariado, fugia dos olhos rápidos que de baixo o olhavam, ouvia o vento assobiar. Não pôs o quadro no canteiro de obras aquela noite, era preciso matar e preparar aquele animal, o que fez.

E Vasari, ao cabo desse sainete milagroso por ele herdado mais dos velhos mestres flamengos com seus rebanhos, seu dom, seu Deus mais clemente em suas terras frias, do que da oficina platônica onde ele mesmo pintava Virtudes roliças e efebos embuçados, Vasari não fala dessas operações culinárias. Para nesse ponto. Mas em sua *Vida de Piero della Francesca*, em que nossa história ocupa dez linhas, em um pequeno parêntese portanto, já que a figura desmaiada de Lorentino d'Angelo não merecia por si só as dez ou vinte folhas necessárias ao desenrolar de uma *Vida*, sugere, ou melhor, nada afirma como insofismável, que o ex-discípulo ficou feliz com aquela espécie de milagre, deslumbrado e grato que um santo em pessoa tivesse oferecido um porco aos seus filhos para o Carnaval: abençoou sua arte, o triunfo mais uma vez, por intermédio daquele porco, da ordem teológica, do número inflexível e da marcha do mundo; chorou de ternura, com orgulho preparou aquele porco diante dos filhos. E todos caíram de joelhos. É o que Vasari sugere. Não se pode acreditar em Vasari.

Sua mãe apelidara-o de Lourencinho, pois demorava a crescer: Lorentino. Ele, nesse teatro interior em que o melhor papel é sempre o nosso, nem sempre o melhor mas pelo menos de vez em quando para sobreviver, ele aparecia com o nome de Lorenzo. Lorenzo d'Angelo. Mas só usava este nome consigo mesmo; os vizinhos e fregueses continuavam a chamá-lo de Lorentino, embora não o fizessem no espírito que sua mãe o fizera, pois não faziam por ternura, tampouco por maldade é verdade, simplesmente constatavam; e era justo. Sua mãe morrera, seus cabelos haviam encanecido e ele resfolegava ao falar, mas os aretinos continuavam a chamá-lo de Lorentino e convinha que afinal ele se reconhecesse naquele nome, que lhe respondesse. É o certo, pensa Lorentino; e podemos vê-lo sentado em sua sala do alto, junto à sua família, colocando seu gorro e pensando. É uma cena doméstica em claro-escuro, e Lorentino, que de Piero aprendeu a pintura clara, não dá atenção àquela semipenumbra. Todos preparam a refeição e ele descansa por um instante. O vento gelado em La Verna sopra mais forte por trás das janelas; por aquele caminho sob os ciprestes escuros o campônio corre na noite. Vê-se atrás dele algo como cães, um preto e um branco, é a noite e o que resta do dia. Os filhos sorriem, agradecem ao pai por não ter mentido, têm o que queriam. Lorentino que lhes sorri em retribuição pensa em outra coisa, faz-se perguntas sobre aquele Lourencinho e o que Lorenzo fez dele. Ao indagar-se, é Angioletta quem ele vê, sua filha alta e formosa, que permaneceu no regaço do pai e ainda não tem marido, mas muitos homens rodopiando ao seu redor, como sombras ao redor do sol. E Lourencinho pergunta-lhe em pensamento, a menos que seja Lorentino perguntando a Lorenzo, por que aquele perfeito objeto nascido de seu dorso não veio antes de sua arte; por que o prazer sentido no dorso de Diosa nem a carne dela expelida não fizeram de Lorentino Lorenzo. Sem falar, pergunta a Angioletta que sacramento constitui a arte de pintar e como por ele adquire-se um nome mais forte que o nome de batismo; a Angioletta, que é a pintura em pessoa, mas que não é pintura.

O vento sopra, na luz da fogueira Angioletta mantém-se perfilada sob os olhos de Lorentino. Que há em ti que eternamente não se move, belo rosto?, pergunta ele. Será a alma? Que estranha lei nos condena a ter que pintá-la à semelhança dos corpos que se movem? Por que não te deténs também na luz imóvel do meio-dia, sob os lilases da sombra, aos 18 anos? E por que não soube te pintar, a ti, não tua alegria por deitar daqui a instantes tua língua sobre esta carne, não teus traços que se irão desfazer assim que tiveres atravessado esta porta e um homem houver sobre ti feito uso de suas mãos, mas tu, tua juventude, tua força, tua alma de dia aberto, quando tinhas 12 anos, quando tinhas 15, quando tens 18, toda empertigada sobre tuas duas pernas no vapor do meio-dia, entediada como o meio-dia, brilhante como o meio-dia, tal como a todas ele fazia lá em cima em seu andaime na sombra e tal como da parede defronte sobre a qual eu pintava detalhes, uma corbelha de árvores, um reflexo reluzente num chapéu reluzente do Oriente, eu que tinha 15 anos o observava trabalhar, não olhar para ninguém, ficar longamente sentado e finalmente se levantar, trazer a mão diante de si, espalhar na parede a cal que não obstante não era milagrosa, que com nossas mãos tínhamos preparado antes que ele chegasse com farsas da nossa idade, Luca, Melozzo, os outros e eu, espalhar portanto, naquela parede atormentada por dentro pela Revelação direta de grandes senhoritas teologais, Angiolettas mais verdadeiras que tu que carregas este nome, servas que não servem senão o dia em pessoa, o rei do meio-dia, porque o vapor do meio-dia e a mão de Piero assim o decidiram. Minha mão, por sua vez, serve apenas para matar o leitão, para pintar um santo rústico para um rústico. Um santo com nome de urso.

Ele teria preferido são Francisco, evidentemente, ou um clérigo com chapéu de cardeal, Agostinho ou Jerônimo. Levantou-se: Bartolomeo precisava de sua ajuda e o chamava. Morava com eles. Era seu único aprendiz, seu aluno em suma, tudo o que restava do ateliê, que aliás nunca estivera tão florescente. Também tinha um aluno agora, o discípulo; rechaçou esse pensamento. Não lhe havia ensinado muita coisa, embora lhe houvesse ensinado tudo do ofício, as manhas de ateliê e a teoria florentina, como diluir o gesso, dissolver na cal os ultramarinos e ler Alberti; que não é a vida, mas a arte, que se deve procurar na pintura; que os fundos a ouro estão para ser proscritos; que as cenas terrenas devem dar forma à ideia que fazemos das celestiais; trivialidades sobre o número. O essencial, não lhe ensinara; pois o essencial não se transmite com palavras, vê-se e, sem uma palavra, assoma quem o vê como a hora do meio-dia, permanece para sempre no corpo de um aprendiz que vê você a vadiar horas a fio e de repente se levantar, arrojar a mão teologal sobre uma parede que imediatamente se o torna também, e de novo se sentar, meditabundo, encolhido, contrariado porque talvez a pintura não passe daquilo, da perfeição do gesto e da Revelação direta; contrariado porque, àquele gesto que acaba de finalizar impecavelmente um rosto, uma parada, um impulso, uma nuvem do meio-dia sobre rainhas do meio-dia, as trombetas do Juízo Final não ressoaram instantânea e colossalmente numa igrejinha de Arezzo, lançando ao solo os discípulos enquanto você mesmo explodia nas dimensões do universo, os tímpanos perfurados e os membros alquebrados mas Deus em pessoa batendo em seu coração pequeno demais para ele. Ele não oprimira Bartolomeo com o peso de um mestre. Poupara-lhe aquela figura de sonho bom ou de pesadelo, de sonho bom e de pesadelo, que o atrai para as coisas sem peso, mostra-as, proíbe-o de olhar para outro lugar e com essa sombra passageira tira-lhe o gosto do pão, mas que empoleira traiçoeiramente em seus ombros o peso de todos os pintores enterrados desde Zeuxis com todas as suas pedras tumulares, de modo que as coisas sem peso passando quase ao seu alcance, mas numa velocidade estonteante como o fazem, você não consegue agarrá-las justamente em virtude desse grande peso sob o qual você arqueja e que além disso o esporeia até o sangue para que as perceba; esse espectro que arrastamos até a morte e que ele próprio quando vivo arrastou o dele, o dele que você arrasta portanto um pouco também com ele, como Piero arrastava Veneziano e ficava constrangido e era esporeado, Veneziano que Lorentino não conhecera mas que Piero venerava e cujas carcaça e lápide mortuária Lorentino carregava por cima das de Piero; e quem sabe que nomes havia acima de Veneziano, Lorentino não conhecia esses nomes mas sentia o peso das pedras sobre as quais estavam gravados esses nomes. Bartolomeo não teria espectros sobre os ombros, cavaleiros esculpidos diretamente na lápide; não seria um bom pintor. Mas ele próprio, que carregava nas costas com a carcaça de Piero todos os exércitos de Constantino, de Heráclio, suas couraças, suas mitras do Oriente, sua cavalaria e até mesmo as vigas da ponte Mílvio sobre a qual cavalgavam, Lorentino era por isso um bom pintor? Meu querido Bartolomeo. Contemplou-o por um instante, era quase um campônio ele também, curto e de mãos curtas, vinha da Pieve a Quatro, quase da roça, tinha mais inclinação pelo braço roliço de Angioletta do que pelo número; além de muito boa vontade. Não, Lorentino não tinha aluno. Tão somente um aprendiz, um lugar-tenente apenas mais lépido que ele, mais moço e ingênuo, que lhe preparava o gesso e as cores assim como limpava as tripas antes que ele próprio fizesse a linguiça.

Tinha fé nas artes, Lorentino, e mais que Piero talvez, uma vez que não atingia verdadeiramente as artes e não obstante estava integralmente dentro delas; não as perseguia, sofria por não saber persegui-las; mas não sofria pelo fato de, perseguidas, mais uma vez consumadas em sua perfeição, elas não derrubarem as muralhas de uma igrejinha de Arezzo, abrindo aqui embaixo a grande brecha para a cavalaria dos anjos. E Lorentino talvez fosse mais feliz que Piero, se é que podemos medir essas coisas. O vento sopra sobre Arezzo, tropeça na noite contra uma capela de San Francesco atrás da qual a uma hora dessas há na sombra pinturas invisíveis, cinzentas e espalhadas como a cinza, ignorantes de tudo, da parede que as carrega e da mão que por elas queria abrir a parede. A parede encara o vento. O campônio ainda longe de sua casa pula um riachinho que é o Tibre, calculou mal o impulso e cai com um pé na água, respinga no escuro, xinga e pesadamente parte de novo, descontente com aquele mundo que sopra nos ciprestes. Lorentino, cujas mãos outrora tocaram as de Piero e disso se lembram, pensa nesse campônio, no Bartolomeo o obscuro de que Vasari sequer fala, em San Francesco nas trevas.

Diosa, sua mulher, tinha sido bonita. Preservara a fronte puríssima e aqueles olhos esbugalhados em órbitas que fazem crer que uma alma sonhadora subsistiu num corpo velho. Ainda sabia sorrir e disso saberia na véspera de sua morte, provavelmente como todo mundo. Calava para si mesma o resto, o beiço caído, a curvatura do corpo que arrasta o espírito, os dois odres pendendo de seu peito como o da velha Eva debruçada sobre Adão moribundo. Ajudava-o, juntos cozinhavam aquele sangue em grandes panelas e a ele misturavam o que tinham de temperos. De repente ele percebeu que apenas suas mãos, as dele, azafamavam-se acima da mistura; levantou a cabeça: ela estava de pé no comprimento da mesa contra a qual suas coxas repousavam, o resto do corpo infinitamente fletido embora aprumado, os olhos perdidos mas ampliados pelo que vemos dentro deles e que vamos buscar muito longe, que não encontramos exatamente e se vai. Suas mãos um pouco espalmadas estavam arriadas, parecia extremamente fatigada e desencantada, em vão procurava o que pudesse explicar razoavelmente aquela fadiga, aquele desencantamento, se o salário ou simplesmente o fim; mas Lorentino via perfeitamente que ela não encontrava, seu espírito batendo por trás das pálpebras virava-se para tudo que é lado e esbarrava em tantas outras paredes, os prazeres da vida haviam ficado para trás, tanto os que ela desfrutara como os que incessantemente adiara: Lorentino não tinha mais aquela mão de que antigamente se servia, tampouco ela corpo para atrair aquela serventia, e, para melhor mostrar aquele corpo quando se é jovem e depois quando se é velha escondê-lo, não tivera aqueles ricos vestidos vistos em sonho, não os teria, uma vez que Lorentino não tinha mais encomendas; todos os dias vindouros a fatigariam mais, o sono está carcomido também, não repousa mais; procurava o que pudesse colocar no lugar daquelas esperanças, do que tão alegremente virá amanhã quando tivermos 20 anos, o amor, os vestidos, a vivacidade do despertar aos 20 anos. O pássaro da alma batia as asas, quebrava o bico: eles tinham um leitão e parece que o céu existe, mas isso não lhe bastava completamente, tampouco para ela.

Percebeu que Lorentino estacara, ficou a observá-lo. Uma espécie de piedade apaixonada projetou-se entre ambos. Lorentino mais uma vez refugiou-se naquele olhar de velha que lhe dava vergonha, e, simultaneamente, a perdoava por sentir vergonha. Os olhos dela também tinham visto do chão, de uma cadeirinha na igreja, Piero agarrado à sua parede esperar inutilmente que de sua mão que tocava a parede irrompessem as trombetas do Juízo Final; mas, sob a fisionomia rabugenta de Piero, seus olhos de 20 anos também tinham visto os belos gibões de Piero; e também acreditava que seu namoradinho que na parede defronte rabiscava chapéus em azuis não complicados, reflexos de couraça, teria a mesma esperança apaixonada, pelejaria da mesma forma, da mesma forma convocaria as trombetas do Juízo Final, em vão decerto, uma vez que tudo isso não passa de bravatas de homens a quem o azul dos fundos sobe à cabeça;

mas que ele teria belos gibões; que com aquela vaidade, aquela pose, aquela casmurrice, seria igualmente festejado e coberto de ouro nos pátios, em Urbini, Rimini, na cidade do Santo Padre, e que com seu fracasso em dar vida às trombetas mas seu êxito junto aos príncipes, o nobre fracasso que é como um penhor para o vil metal sonante em seu bolso, daria vestidos e criadas a Diosa — que estava bem além das suas posses. Lorentino ainda ouviu alguns sinos, mais próximos. Voltou a pensar naquela história de são Martinho.

A Providência, pensou, não pode escarnecer de um homem desse jeito.

Instalou-se nessa ideia, remoeu-a amargamente. Deleitou-se com uma espécie de satisfação, um reconforto árido, como as crianças que castigamos não lhes abrindo a porta e que em vez de se abrigarem ficam na chuva com olhos bêbados, pulam de pés juntos nas poças, enlameiam-se chorando, e então suas lágrimas são vinho. Viu-se naquela criancinha não merecendo tal sorte e exaltando-se com isso. Os sinos embalados repicaram bem alto e de repente pararam; para além do que ele pusera à sua frente, isto é, de um lado a Providência que tudo pode e do outro o pouco que ela fizera por Lorentino, Lorentino viu num grande silêncio alguma coisa muito remota. Devia ser uma lembrança, mas ressurgida depois de anos de esquecimento, e que de tanto esquecimento aflorava inédita, real e imóvel sob seus olhos como um pedacinho de quadro. Era de manhã, nos campos de Siena. O céu estava límpido. Não havia mais orvalho, havia passado a hora em que os ciprestes o beberam, o tragaram em seu grande lençol negro, exaltado, torcido, e o arremessaram bem alto na pérola azul. Nove horas talvez. Agora os ciprestes estavam calmos. A terra vermelha cozinhava. Sobre aquela terra que tem a cor do inferno, que tem suas fissuras, mas que é tipicamente daqui porque carrega sombras, nossos passos, porque está sob o céu, havia um cacho de belas uvas esmagadas diante do qual Lorentino vituperava. O silêncio reinava, Lorentino não ouvia o que dizia, não se lembrava. Tinha 25 anos, apontava as uvas, tomava o céu como testemunha e gesticulava. Viu-se gesticulando naquele dia. Estava sozinho naquela superfície violenta, em companhia dos ciprestes. Não completamente sozinho: às nove horas da manhã 40 anos antes, de cócoras em cima de uma trouxa de roupa aberta e em desordem, Diosa abaixava a cabeça sob o sol a pino, não dizia nada e estava prestes a chorar. Olhava para o chão, para o cacho. Lorentino junto à fogueira na noite de Arezzo também olhava aquele cacho, via nele a polpa esmagada misturada com terra de Siena. Que significava aquilo então? E por que Diosa estava à beira das lágrimas? Fizera a Siena apenas uma única viagem, e voltara com o coração magoado. Então tinha sido daquela vez.

Fora até lá para abocanhar uma encomenda muito cobiçada, a conselho de Melozzo, o coleguinha que também diluíra gesso para Piero e agora exerce o ofício da pintura; havia muitos pintores na expectativa; enfim, foi Melozzo quem conseguiu a encomenda. Isso era inexplicável para o jovem coração de Lorentino: aquela imensa esperança que o arrebatara quando surgira no fim do caminho a cidade vermelha dos pintores de ouro, seu olhar extasiado para os sienenses, seu céu, suas ruas de sombras púrpuras e mais tarde sua alegria por estar nas igrejas de Siena diante dos arabescos de Sassetta onde tudo é lis, as mulheres, os santos, as pedras dos caminhos, toda aquela riqueza que ele tinha em si e que aos seus olhos correspondia mui simplesmente à riqueza igual do mundo, tudo isso não bastava então para fazer dele aquele pintor fora do comum que secretamente existia, aquele mestre cuja emoção e, por conseguinte, habilidade e jovem ciência teriam sido pressentidas pela clientela? Seria possível que Melozzo vivesse com mais emoção a luz de Siena e as mulheres em Siena, se arrojasse com mais amor para as santas floridas de Sassetta, tivesse maior coração? Provavelmente, uma vez que Melozzo tinha conseguido a encomenda. Lorentino lembrou-se de que os municipais mal haviam dado ouvidos ao seu projeto, fizeram o pintor seguinte entrar imediatamente, um ferrarês que não era plenamente jovem mas tinha uma expressão de apocalipse, isto é, jovem e inflexível como a fome; era alto; olhara com um olhar furibundo aquele jovem pintor ridículo que saía. Lorentino reviu perfeitamente aquele rosto que sua memória mantivera encoberto por quarenta anos e não produzira por outros tantos. Fugindo da praça do Campo, onde já se anunciava com toques de trombeta que Melozzo da Forlì ia pintar para os municipais, Lorentino chorara, recostado no muro inflexível de San Domenico de onde se via toda a cidade, Diosa tocando em seu ombro e de quando em quando dizendo-lhe gentilezas. Os sinos de San Domenico haviam repicado às suas costas, pulavam em cima dele, naquele fragor Siena dançava, subia em linha reta para os céus como se um facão houvesse recortado a cidade ao longo das muralhas e a carregasse para cima em direção à boca dos anjos. Ela não era para ele. Lembrou-se de ter pensado que ninguém merece amar as cidades sob o sol se ninguém lhe paga para pintá-las, lá embaixo no fundo, bem assentadas sobre a colina, mas suspensas nos céus, atrás de um santo e um doador. E de repente em suas lágrimas vira o ferrarês passar diante deles, o venerável pintor gótico que assim como ele tampouco conseguira a encomenda mas caminhava, com um passo duro, irascível, a cada passo golpeando a terra com um cajado, e que olhara por um instante para aquele moço que chorava e saíra sozinho da cidade pela estrada do norte. Lorentino, incontinenti, engolira o choro.

Voltou a pensar muito no ferrarês, era pura raiva, alguma coisa de rapaz. Julgou lembrar-se que, ao retornarem cedo no dia seguinte a pé como haviam vindo, caminhando e não pintando, Diosa comprara uvas para a viagem nos arrabaldes; ele era louco por uvas, e Diosa ao comprá-las olhara para ele com a expressão ao mesmo tempo intrépida e suplicante que fazem os pobres quando cometem pequenas loucuras nas piores aflições. Aquela pobreza o deixara irritado. A madrugada estava clara nos subúrbios, depois no campo; ele precedia Diosa e se calava eloquentemente; andava rápido pela trilha vermelha e diante de si tinha a Providência que lhe dava as costas, como hoje. E quando longe de Siena quisera aquelas uvas, quando a sede se somara à mágoa de não ser o melhor dos pintores, de ser indigno de ver o dia e de não conseguir derrotar sequer Melozzo, Diosa, a aturdida, sacara da trouxa de roupa, onde a enfiara, aquela maçaroca esmagada, intragável; como caminhasse atrás de Lorentino pensando em seu amor por Lorentino, não lhe sobrara pensamento para se preocupar com o que na trouxa se tornara penhor do seu amor, aquelas frutas compradas para consolar Lorentino. Ela tentara sorrir, mas não por muito tempo: talvez também houvesse pensado que a Providência não podia escarnecer dos homens desse jeito. Lorentino reviu o espanto consternado que apagara aquele sorriso. Ela quisera fazer uma triagem no que restava, ele lho arrancara das mãos; na fruta estropiada que ele brutalmente atirara no chão, mirava o mundo e o invectivava. Via o mundo naquele cacho devastado e vivo como a memória: era o júbilo dos sinos sobre uma cidade que nos escorraça; era Piero, que pintava muito bem e não obstante morria, que aliás estava morto, pois já tinha nos olhos aquela áclia branca do lado de fora e negra dentro que lhe adviera no lugar das trombetas do Juízo Final, um lacaiozinho segurava o braço dele e o fazia andar, sentava-o ao sol numa rua de Borgo, sua mão teologal esticava-se à frente para ele não colidir com as paredes, estava cego; era ter visto trabalhar aquela mão e ainda assim trabalhar com uma outra mão; era quando se quer pintar e não se é o melhor, mas é preciso de toda forma pintar porque não se aprendeu outra coisa, embora só se a tenha aprendido para ser o melhor; era quando os céus se deslocam para lhe dar um leitão em vez da capela do papa Sisto, na qual há um grande teto a ser pintado: como ter nascido e ter que morrer, visível de chofre num pequeno objeto, uma coisa a ser comida; em grãos brilhantes, uma polpa viva que o sol já murchava, sob formigas. Lorentino ouvira os sinos negros do inferno; e num deslumbramento e numa embriaguez saídos diretamente do inferno, ou talvez quem sabe deste mundo quando se mostra demasiado claro e então nos cega, Lorentino insultara Diosa. Talvez a tenha espancado. Era sua paga por ter vindo com ele a Siena em seu mais belo vestido, isto é, o único apresentável, ter esperado sozinha perto do palácio comunal e ter se precipitado quando dali ele saíra de cabeça baixa, encorajando-os com uvinhas que eram coragem, quando ele mesmo não tinha mais coragem. Era isso, uma viagem a Siena; e, quando mais tarde, haviam voltado a tocar no assunto, quando haviam se lembrado, o que evocaram foi a beleza da cidade e o clima ameno, suas pernas que eram melhores que hoje, sem mencionar Melozzo, nem o desprezo dos municipais por Lorentino d'Angelo, nem os sinos do inferno cujo repicar é negro e nem as uvas sobre a trilha vermelha, com formiguinhas comendo-as. Pois é preciso resistir. Não, não voltara a Siena. Não viajara muito. Florença, jamais ousara visitar, acariciara esse sonho até os 30 anos, talvez 40, apenas nos dias em que solucionara um detalhe, um canto de cidade, uma mistura de cores, não pensava mais nisso agora, os bons pintores é que vão para lá. Os bons pintores devem mostrar-se. Lorentino não se mostrara em inúmeros lugares. Porém, uma vez, fora a Borgo, à casa do mestre.

As carnes cozinhavam, não havia mais o que esperar. Lorentino, lembrando-se de suas pequenas viagens, contemplava ao mesmo tempo aquelas aparências zanzando à sua volta, de homem, de mulheres e crianças, seu discípulo, sua família. Faziam sombras na parede. É na realidade um volume que, embora se assemelhe a Deus, provoca sombras. O vento sopra do lado de fora, ele que não tem sombra e que passa, vem de La Verna, é ele provavelmente que outrora lá em cima nas neves varou as mãos e os pés de são Francisco, tem raios duros como gelo, mas invisíveis, e talvez pudéssemos pintá-lo com um nimbo ele também, um compridíssimo nimbo, o vento, mas então sobre que cabeça? Passa pelo campo, irascível, poderoso, arma companhias nas árvores, uma cavalaria de lanceiros nos choupos, caminha sobre a água, acaricia-a, esporeia-a, retém-na como um a cavalo. Ele tem cães, um preto e um branco. O campônio corre perto do Tibre, tem medo daquele grande cavaleiro que enfrenta a água. "São Martinho, bondoso são Martinho", diz ele. E a velha Maria que espera diz as mesmas palavras, ouve o mesmo vento. Atrás do muro de San Francesco a cavalaria de Constantino está sossegada na escuridão, invisível, não existe mais que o vento. Constantino tem apenas uma pequena cruz, não sente medo em toda aquela escuridão. Não ouve o vento.

Ele tinha ido a Borgo. É ainda menos longe que Siena; mas bem depois de Siena, no tempo; Lorentino já engordara, ofegava ao caminhar, e avaro daquele ofegar não vituperava mais, chorava cada vez menos. Não era mais a ambição nem uma expectativa legítima que o levara a fazer aquela viagem, era ainda a Esperança apesar de tudo, embora não fosse mais por si que esperasse: levara até lá o seu primogênito, a quem dera o nome de Piero e de quem queria fazer pintor. Piero di Lorentino. E Piero di Lorentino já era de fato pintor num sentido, trabalhava em Foligno com um iluminador, repetia os mesmos velhos motivos que durante séculos haviam sido repetidos, desenhava grandes unciais sobre as quais fazia crescer hera e lírios, e, cingindo os velhos textos, introduzia meticulosamente *sires* primaveris e mui clementes, coelhinhos que caçamos e parecem felizes esperneando sob o machado; bem-aventurados mártires que fazem a cursiva e também esperneiam no óleo fervente, nas masmorras, nas cruzes; e anjos com trombetas. Sim, o pequeno Piero exercia o ofício da pintura, mas não integralmente como Lorentino o desejara quando a criança começava a pintar. Levara-o então a Borgo para lhe mostrar o que é um mestre, fazê-lo tocar nele, e talvez a mão teologal pondo-se sobre aquela cabeça crespa de 10 anos talvez fizesse com a carne viva o que fizera com as cores mortas, isto é, a proliferasse, a tornasse verdadeira em suma e convicta de ser verdadeira, carregando sobre duas pernas com apetites diversos a certeza triunfante de ser feita à semelhança de Deus. E provavelmente também queria mostrar-lhe, ao seu primogênito, que Lorentino d'Angelo, seu pai que parecia um nada, que os príncipes não chamavam e que os prelados recrutavam quando três outros haviam se abstido da encomenda, que pintava santos padroeiros nas igrejas da roça, que seu pai, por conseguinte, familiarmente visitava, beijava e chasqueava um homem celebérrimo e mais bem-remunerado que são Francisco, embora não tivesse as mãos varadas nem nimbo sobre a cabeça. Esperava muitas alegrias misturadas, pouco exprimíveis, daquela visita. E a fazia por orgulho, que é Esperança. Haviam-lhe dito que o velho mestre estava cego, mas esta é uma infelicidade como qualquer outra quando se tem uma obra atrás de si. Fazia bem uns 15 anos que não o via.

Estávamos na Páscoa. Pai e filho sentiam aquela alegria singela propiciada pela primavera quando se parte pela manhã. A terra soa clara sob os passos; aquele vazio que o céu drapeja talvez seja o rosto da mãe de alguém outrora, o que reste a alguém de mocidade, e o que lhe resta é imenso. Sob as árvores que ainda não têm folhas, mas infindáveis cânticos, são Francisco faz profecias para os passarinhos e a Revelação dobra seus cânticos. Pai e filho iam da sombra para a luz, depois de novo para a sombra; num certo momento tudo ficou claro: passavam por entre árvores que florescem precocemente, talvez amendoeiras, que são como ar que o ar carrega e onde as sombras não interferem. Ao refletir tudo isso, o rosto do pequeno Piero tampouco tinha sombra, apenas estava mais rosado. Caminhava com sisudez; estava como ocupado com um grande projeto que imprimia resolução aos seus traços; extraía orgulho daquela viagem de homem e da qual esperava algum advento, tanto seu pai dela lhe falara: esperava uma realidade mais forte que aquela, cujo presságio considerava gravemente nas amendoeiras. O pequeno Piero estava todo retesado para essa realidade mais forte. Quando avistaram Borgo, as árvores brancas mais numerosas faziam uma coroa de ar na cidade. "Piero", repetia-se a criança sem abrir os lábios, e aquele nome que estava nele nascia também do imenso lugar onde nossos olhos encontram o céu, cantava ali como na igreja cantam cinquenta monges ao mesmo tempo, mas estes usavam um burel claro como uma plumagem.

Aquelas flores e vozes vinham daquele nome em Borgo, estremeciam ao redor, sem peso e fortes como ele. E ele por sua vez, Piero di Lorentino, tinha o mesmo nome. O pai observando-o com o canto do olho sabia que a criança pensava aquilo, e sabia que dali a instantes sob os olhos daquela criança ele falaria da lenda, beijaria aquele nome. Ele também tinha as faces rosadas, sem sombra; e também ouvia os cânticos daqueles monges de buréis azuis. Entraram na cidade por volta do meio-dia.

O mestre não estava em casa, disseram-lhes que o encontrariam numa pracinha, um pouco acima. Subiram.

A praça era inclinada, estava deserta, e Lorentino de longe o viu lá no alto, sentado contra uma mureta sobre uma plataforma de pedra na frente de uma espécie de galpão na sombra, mas ele mesmo, Piero, estava no sol. Sua camisa era azul. Lorentino, que vinha no seu passo habitual, teve a impressão de se mover muito lentamente. A praça não tinha árvore, mas muitos pombos ciscavam por ali, ouvia-se o barulho de seda que fazem quando seu corpo gordo alça voo. Foi apenas então que o discípulo se deu conta de que o mestre estava cego: não o via chegar, e era aquilo que lhe dava a impressão de se mover com tanta lentidão. Piero estava visível e sem olhar, como uma coisa ou um quadro. Havia apesar de tudo um olhar ali: sentado no chão contra as pernas do cego, o pequeno Marco di Longaro, lacaio que os municipais pagavam para guiar pelas ruas sua genial relíquia, observava os que chegavam. Piero, enrijecido e com a cabeça um pouco caída, esquentava-se na pedra como gostam de fazer os velhos. Postaram-se diante dele, o sol golpeava os olhos brancos esbugalhados; a cabeça não se mexeu, apenas a mão procurou o ombro de Marco, indagou ou se inquietou, a outra mão esfregando com a ponta dos dedos o banco de pedra. Lorentino pensou muito rápido que ele envelhecera, a pele do pescoço estava murcha, as veias saltavam nas mãos; por outro lado era o mesmo, a cabeça quadrada e os maxilares brutais, encarquilhado mas não mais que antes, na verdade menos, a compleição forte que em nada se arqueara; tudo isso cingindo os olhos de gesso em que o espaço irrefutável esbarrava. Lorentino conjeturou que Montefeltro, Malatesta, os grão-capitães, haviam sentido, de certa perspectiva, medo daqueles olhos, quando aqueles olhos os fitavam para despachá-los para a eternidade. Sigismundo Pandolfo em sua armadura de guerra teve medo daquele velho. Lorentino sentiu uma dulcíssima vontade de chorar. Identificou-se. O outro pareceu não entender muito bem a princípio; a ponta dos dedos ia e vinha sobre o grão da pedra: "Ah, Lorentino, disse enfim. A pequena Diosa." Sua voz estava distante, tranquila, era a de Arezzo quando não ele não estava com raiva. Avançou um pouco o busto e Lorentino muito comovido se debruçou, beijou-o bastante sem jeito pois não se atrevera a, ou pensara em, segurá-lo pelo ombro para dirigir esse beijo. A pele de Piero estava quente. "É Diosa que está com você?", disse ele. Lorentino respondeu — gaguejava um pouco — que era seu filho mais velho, que lhe dera o nome de Piero e que seria pintor; ao dizer isso, empurrou-o um pouco para o cego. O menino não se mexeu, resistia, todo sério e casmurro, como ofendido: olhava para os olhos mortos e mais ainda para as mangas da bela camisa à espanhola, que carregavam grandes chapiscos de gesso, de sujeira, pois sem enxergar as paredes o mestre devia se roçar por toda parte. O menino não queria aproximar-se dele. A mão do cego levantou, ficou um pouco suspensa a esperar e, como nada vinha, recaiu. Sorriu, disse que Piero era um bom prenome, que ele mesmo portara-o sem desprazer, e um belo ofício o de pintor, mas cansativo. Perguntou à criança quantos anos tinha, e a criança respondeu com raiva. O velho calou-se. Ficaram a ouvir os pombos por um longo momento, pois Lorentino não sabia que dizer, estava realmente com vontade de chorar agora. Sabia muito bem que o mestre não o via, mas tampouco ousava olhar para ele; seus olhos erravam pelo galpão escuro mais acima, aquela parede aberta para nada. Pensava nas paredes enclausuradas de San Francesco. Perguntou-se se em todo aquele negror por trás da áclis havia garotas coxudas, Deus o Pai ou vento; um pouco de tudo isso provavelmente. Mais uma vez olhou para o mestre, abaixo do rosto, para a camisa. Disse-lhe que não mudara nada.

Então conversaram um pouco, sobre o que tinham em comum, o ofício da pintura, os rostos d'antanho; daqueles de Arezzo na época do afresco, de Melozzo e Luca que fizeram muito sucesso, que trabalhavam para o papa Sisto, de Pietro de Peruggia, que fizera mais sucesso ainda, e de si próprio, Lorentino, que afinal não tinha do que se queixar, as coisas não iam tão mal, pintava-se; não para Sisto, claro, não se pode ter tudo. Riu, e o mestre riu também. Marco e o pequeno Piero faziam trejeitos, o maior tinha sacado um jogo de pedrinhas. A criança toda entretida não olhava mais para eles; Lorentino reviu o semblante rosado entre as amendoeiras onde floria o grande nome de Piero, com todas aquelas vozes azuis que cantavam. Uma espécie de remorso apertou-lhe a garganta. Acabou por dizer que um pequeno compromisso levara-o a Borgo, uma história de herança, que não podia se demorar; mas que se sentia feliz por um acaso lhe haver permitido rever seu mestre. O mestre pareceu comovido, mas nada disse. Lorentino beijou-o melhor dessa vez, segurou direito a ampla camisa pelo ombro, seda rica e manchada sobre carnes envelhecidas. Porém, quando estavam na parte de baixo da pracinha, Lorentino voltou-se; o velho lá no alto drapejado no espaço vazio estava impassível sob o aparato do meio-dia, a camisa azul resplandecia; uma rapariga entrou lentamente no galpão: os pombos importunados às dezenas alçaram voo, sob o galpão irromperam acima de Piero, como um grande corpo malva que se levanta, sobe, espalha-se. Lorentino mais uma vez, como ao vir, como antes de ver um cego e não saber que lhe dizer, ouviu em triunfo o grande nome de Piero calmamente farfalhar nos bravos de tantas asas. A criança na volta corria na frente e não o esperava, e Lorentino ofegante olhava para o chão. Tampouco retornara a Borgo. Não sabia se o mestre morrera.

Estavam comendo o leitão de são Martinho. As crianças menores já saciadas corriam em suas pernas. Lorentino não era todo inteiro apenas em suas viagens, em suas lembranças, também o era na satisfação de comer que prescinde da alma; mas tinha vergonha, embora sorrisse para Angioletta, que o servia, embora insistisse para que Bartolomeo restaurasse suas forças, teriam trabalho amanhã. Aquele vento, que arrastava lá no alto grandes palavras zangadas, não dava trégua. Não, são Martinho não devia ter feito aquilo; zombara dele. Era sua arte que o bem-aventurado deveria ter confiscado como devoção, não sua fome; aliás, a arte, quando lhe é dada, quando você a realiza em sua perfeição e para isto é pago, a arte não deixa de lhe dar do que comer, no fim das contas. Sacia-nos de todas as formas. Lorentino esquivou-se com raiva de são Martinho.

Sonhou com um milagre mais justo. Pensou em são Francisco, lá em cima em sua ermida das neves de onde vinha o vento, onde recebeu os estigmas, são Francisco que gostava das coisas que todos vemos, dos passarinhos e das flores, do grande jardim, mas que no grande jardim também apreciava coisas que não vemos, os anjos travessos subindo nas árvores e, em cima das árvores, as espaçosas sés do Paraíso, que nos esperam, com suas almofadinhas de ar, seus dosséis floridos onde se postará todo rijo *nosso irmão o corpo* quando as trombetas houverem soado; são Francisco, que amava o campo na primavera e as vozes azuis, tudo coisa de pintor; que dispensava bondades especiais aos pintores e com sua mão varada guiava a mão deles sobre o gesso das paredes; que havia cem anos intervinha por eles junto ao Altíssimo. Não, são Francisco não lhe teria dado um leitão, tinha mais delicadeza. Tê-lo-ia chamado *frère Lorentino*. Teria dito esse nome na sagrada língua francesa que ele amava, que pronunciava apenas cantando. Teria aparecido para o Lourencinho ao meio-dia no verão; não teria assumido os traços de um labrego, mas os de cinquenta monges jovens com buréis azuis, ou os seus próprios, únicos, foscos, senhoriais sob a tonsura, carregando em um dos braços a Rainha Pobreza bela como um lírio e no outro braço *sua irmãzinha a Morte*, bela como um lírio e mais branca, ou talvez por modéstia os meros traços de um grande mecenas, Sisto, ou Médicis, ou por que não Sigismundo Pandolfo Malatesta, que voltara lá do alto em sua armadura de guerra com sua mão de rapina aberta cheia de todo aquele ouro que ele tão gentilmente reservava para os pintores. E nas palavras de são Francisco, seu canto francês, ou em seu silêncio se nada houvesse dito, Lorentino teria instantaneamente visto e compreendido a construção perspectiva, a lei de ferro que mantém de pé os corpos regulares, a anatomia graças à qual se faz de corpos vis alma articulada e visível, todo aquele obscuro mistifório óptico de que nascem retilíneas as formas universais, fora de qualquer mistifório, na clareza do meio-dia. Lorentino teria lido tudo isso claramente; e, na ciência do mistifório, mas no esquecimento do mistifório, teria traçado ele também em San Francesco as formas universais.

Olhou para Diosa, Angioletta, Bartolomeo, teve vontade de lhes perguntar o porquê, mas não o fez. Nada tinha a esperar daquilo: são formas que ganhamos olhando, mas elas nada têm a dizer. São Francisco ou um outro tinha feito aquilo para Piero. E por que não para Lorentino.

O vento não responde; Angioletta, com um rosto calmo, gestos calmos, tira a mesa e não fala; o fogo diminui e, como não se o escuta mais, acredita-se que o vento aumentou, que entra na casa e que aqueles grandes fardos de sombra na sala são ele. Aquelas carapaças de sombra no campo não são as oliveiras, é ele. Seria Sigismundo Pandolfo caso não estivesse no inferno; logo, é o vento. E o *Caminho de Santiago* lá em cima, a auriflama do mundo, o brilho imobilizado que vai de uma ponta a outra, o comprido nimbo sobre aquela cabeça, será ele? O campônio não enxerga tão alto; reconhece suas oliveiras, sua vinha; o grão-cavaleiro o apressa, ele degringola pela última ladeira e vê a luzinha lá longe na sua casa, o fogo de Maria, diante do que o exército negro tropeça. Os cães de Sigismundo, o preto e o branco, estacam. Ele finalmente empurra a porta que com todo aquele vento bate contra a parede, e aquele rumor lhe soa agradável. A velha Maria percebe que ele não tem mais o leitão. Ele conta sua história e para fazê-lo seu verbo não é obscuro, entendem-se bem; diz que seu pintor é um ilustre, seguramente um enganador; riem. "Bondoso são Martinho", diz a velha rindo. Em San Francesco couraças se deslocam: é o vento que finalmente abriu uma porta e batendo-a contra a parede fez cair pequenos objetos de prata. Estes rolam pelo chão e detêm-se, não os vemos mais. Constantino não acorda, parece que sonha e vê um anjo, mas é gesso; mais abaixo em Arezzo, Lorentino que há muito tempo diluiu aquele gesso observa seu caçula encher as bochechas soprando na bexiga do porco. Ao soprar, ele imita o som da trombeta. Lorentino deitado dorme incontinenti.

Durante a noite são Martinho lhe apareceu. O santo tinha o semblante irritado; usava a armadura de Sigismundo Pandolfo e em cima a cabeça daquele pintor ferrarês visto em outros tempos em Siena, de quem Lorentino se lembrara na véspera. Tinha uma das mãos na guarnição da espada, a outra segurava o capacete, e sua irritação parecia ainda mais temível por estar toda contida e imóvel num manto de cavaleiro que caía continuamente até os seus tornozelos, esparramando-se sobre seus pés de cavaleiro sólido. Era um capitão de cabelos grisalhos. Não havia mais vento. Lorentino não se mexia e fingia dormir; uma luz viva caía sobre suas pálpebras fechadas. Não o surpreendeu que o santo agora envelhecido, na idade de seu episcopado nas Gálias, tivesse restaurado para visitá-lo aquela roupa de guerra que usava quando moço. Martinho ficou um instante sem falar, lançando olhares irritados e movendo a boca sem que dela saísse um som, como um homem ofendido que vacila entre replicar com uma ofensa mais forte ou se calar; mas aquela cólera era também como braços maternais, sob ela você era bebê e não sentia medo; sentia vontade de se juntar a ela e queimar com ela em seu fogaréu. Lorentino abriu os olhos como uma criança que sentiu a mãe ao pé da cama e por pirraça a fez esperar. Cravou seu olhar sob as grossas sobrancelhas franzidas. "Deus, disse o santo, encomenda-te um quadro. E tu ousas barganhar." Essas palavras não acalmaram o bem-aventurado, não o irritaram mais: sua santa ira ardia pura como uma estrela; ela não queria mal a Lorentino, era benevolente como as vozes azuis, embora fosse o tom ríspido de um capitão que revelasse a bons cavaleiros obtusos um reduto a ser conquistado sem demora, e como conquistá-lo. Lorentino nada disse. Daquela voz que atravessava camadas de eternidade, que diariamente falava com Deus Pai mas que ao mesmo tempo parecia sair de um bosquete onde um capitão postava seus homens d'armas, o santo continuou: "Quem julgas ter sido o patrono daqueles que chamas de mestres?" Lorentino num relâmpago viu Piero. "Portanto, quem é o teu há tanto tempo e não te esquece, embora fiques embromando com tua encomenda? Eles, porém, o reconheceram no instante em que tocaram o primeiro pincel. Mas tu, por tua vez, julgas que é Sisto, Sigismundo, Piero ou um campônio que quer que pintes seu retrato. Que queres que façam com ele?" Lorentino que escutava claramente essas palavras, que não sentia medo, pensou no olhar que lhe lançara do alto de Siena aquele mesmo ferrarês irascível que estava diante dele, mas isso na época em que seu corpo vestia a alma de um velho pintor gótico sem encomenda e não a de um bem-aventurado: agora compreendia melhor aquele olhar. O santo dissera o que tinha a dizer, pensava em ir embora, sua ira já flamejava alhures. Entretanto ainda disse: "Teu quadro vale um leitão ou a cidade de Roma, isto é, nada." Afastou-se, o manto impecável não se alterou, as peças da armadura de guerra uma contra outra colididas não fizeram um ruído sequer; os pés do cavaleiro, estacionados, mostravam seus calcanhares, as esporas de ferro, sem caminhar, tampouco flutuar. Lorentino que se soerguera em seus cotovelos para vê-lo partir achou tudo muito estranho, mas se emocionou. O santo colocou o capacete ao passar pela porta. O vento soprou mais uma vez, Martinho montara no seu cavalo. Os cães de Sigismundo em suas pregas, o preto e o branco, correram pelo campo. Entretanto a santa ira não arredava pé, mantendo eretas formas vivas na escuridão. Lorentino na escuridão reviu Piero, mas nunca o vira assim, era como se Piero fosse seu irmão. Como se estivesse com Piero, foram ambos em pensamento a San Francesco, em pensamento atravessaram aquela porta que o vento abrira e, levantando bem a vela acima deles na capela dos Bacci toda pintada, olharam: viu então o sinalzinho que um imperador recebe em sonho, aquele pequeno objeto, sequer verdadeiramente um objeto, mas que seguro na ponta do braço como seguramos uma vela esbarra nas duas asas de Maxêncio, toda a sucata, mil soldados mouros à esquerda, mil couraceiros gauleses à direita. Quis ver aquele sinal também nos olhos de Piero, mas Piero desaparecera, Lorentino estava completamente só. Viu o grande mecenas.

No dia seguinte, Lorenzo começou o são Martinho, que terminou no prazo que haviam combinado, o campônio e ele. Pôs nele o antigo ou o novo, a maneira gótica ou a maneira antiga que parece mais jovem, a carícia dos sieneses ou a brusquidão florentina, tudo que é supérfluo; e pôs nele a ira e a caridade, o que não é supérfluo, a ira vivida tornando-se caridade pintada, dedicando-se ao mais alto e assim camada após camada depurando-se, ofertando-se; e, o que tampouco é supérfluo, pôs os sólidos que vemos no espaço, sobre os quais a caridade se exerce, e entre estes homens, árvores, chapéus. Não se sabe que traços deu a são Martinho, quais ao mendigo. Mas foi o que se chama uma obra-prima, à sua maneira, de mestre menor ou de mestre. Era talvez a mais bela coisa que por meio de cores e linhas jamais fora feita da mão do homem sobre a terra; era na linhagem direta de Piero, indo até o fim do caminho e lá o ultrapassando; estava para Piero assim como Piero para Veneziano, como o meio do dia para a manhã. E neste caso aquilo aparecia na praça de uma cidade, com muitas almas articuladas e empertigadas, uma espada todinha d'alma fendendo um manto num grande silêncio, um santo casmurro e um mendigo casmurro, um cavalo casmurro e todos três infinitamente fascinados por se quedarem casmurros e eretos; a clareza racional incidia sobre os pórticos e defronte, uma mulher passando olhava para alguma coisa no chão mas não abaixava a cabeça, altaneira, pensativa, casmurra, não se via para o que ela olhava, ele não pintara o cacho de uvas, ela tinha as mãos espalmadas como uma madona de misericórdia; e na cabeça uma mitra do Oriente. Era a vida de Lorentino toda pura, era como Piero, mas era Lorentino.

E provavelmente são Martinho não era capaz de um milagre daqueles, apenas o Filho em pessoa teria sido capaz de realizá-lo, e mais; era muito tarde na vida de Lorentino para que aquele inconcebível objeto procedesse da velha mão de Lorentino, sua ira estava suficientemente apaziguada para que tanta caridade dela brotasse. Então a coisa saiu antes à maneira requintada de um pequeno colorista de Le Marche, de um ótimo declamador, e, naquele grande jardim dálmata que pintou, Lorentino recitou aqui e ali lições de Piero seu mestre, isto é, apenas acrescentou perspectiva, uma atmosfera antiga; mas livremente, divertindo-se e rindo à socapa, como cães na caçada respondem à trompa do dono sem com isso deixarem de desfrutar da caçada. E no meio do céu tomado pelo frenesi e por cânticos Lorentino fez um belo fragmento do além, uma auréola que pungiu, flordelisou e modelou no ouro; e assim coroado o santo rasgava o manto com mãos de costureira, delicadas e exaltadas, minudentes, não descera do cavalo e se debruçava como uma jovem mãe sobre o velho mendigo; e, para rematar, uma criança séria segurava as rédeas e olhava para você, uma criança que era a esperança em pessoa, anjo ou lacaiozinho, bochechas cor-de-rosa, pés descalços sobre as violetas dos bosques. Lorentino ria ao introduzir esse violeta. Vá lá saber de quê. Mas foi uma obra-prima, uma vez que Lorentino pôs nela o melhor de si, esmerou-se nela onde era preciso, e que o melhor de cada um, esmerado onde é preciso, é sem dúvida uma obra-prima.

Diosa observou-o de maneira peculiar e incessante enquanto ele pintava aquele quadro: pois em todos os detalhes ele mostrava a mão outrora dirigida para ela, mas ela não sabia para onde ele a dirigia. Ruminou que talvez viesse a ter vestidos, ou melhor, Angioletta agora.

E Bartolomeo tinha efetivamente um mestre. O discípulo viu trabalhar um mestre entre a Quarta-Feira de Cinzas e a Páscoa. Não se sabe o que fez com isso, talvez uma obra-prima também, por volta do seu sexagésimo ano, talvez nada.

O campônio que viera no dia combinado achou o quadro muito bonito, mas dele fez pouco caso, com medo que o pintor pedisse um extra. Não houve extra. Ele pegara sua charrete e o acomodou em cima, pois era grande. Era Páscoa no campo. O cura da aldeia também o achou bonito, daquela aldeia recuada onde se localizava a igreja de São Martinho, onde então aquele santo devia ficar. O cura embelezou-o com uma cornija em madeira dourada. A velha Maria também o viu, o ouro ou o espaço a deixaram impressionada, mas não reconheceu uma gota do seu são Martinho; os camponeses o viram, e embaixo tiraram seu gorro e pensaram, nem senhor nem capitão, ele passava pouco por aqui. Lorentino morreu. Não se ouviram as trombetas. O campônio morreu; havia muito tempo que a velha Maria juntara-se ao seu são Martinho, cujo rosto ninguém conhecia. E o ferrarês que se assemelhava a uma pintura de Masaccio ou a são Martinho caíra também, sozinho com seu cajado em um descampado, entre duas encomendas recusadas. Não se ouviram as trombetas. Às vezes o vento de La Verna à noite, o mesmo vento, esbarrava na parede de uma igrejinha, como o fazia mais abaixo nas igrejas de Arezzo. Os cães de Sigismundo, o preto e o branco, latiam nas portas. Às vezes abriam uma porta. E ao meio-dia de verão na pracinha em frente àquela igreja e na praça em frente a San Francesco, não havia ninguém, mas sombra empertigada e luz para ninguém. Vasari cinquenta anos mais tarde ali se deteve, entrou naquela igreja campestre, não viu o Lorentino, haviam colocado no lugar alguma coisa mais recente de que Vasari não gostou muito; o Lorentino estava na sacristia, muito calmo com uma casula presa no canto de cima; Vasari não entrou, não escreveu a *Vida de Lorentino*. Talvez fosse a mais bela coisa já feita sobre a terra. Essa obra desconhecida de Vasari ficou largada na sacristia. Vasari morreu. Durante as guerras francesas, ou as dos Habsburgo, a paróquia empobreceu muito; apareceu um grande buraco na parede da sacristia; um projétil de bombarda talvez, ou apenas o tempo: e, como não tinham muito dinheiro, utilizaram o quadro para tapar aquele buraco, para que o cura antes de suas missas na paz e longe dos olhares se vestisse, orasse para são Martinho vir em seu socorro e não sofresse com o vento de La Verna. Isto, durante dez anos, ou cinquenta. E como o fundo de madeira daquela superfície incessantemente pintada queimasse, molhasse e congelasse, o motivo se deformou e ficou horrível, ou risível; "Bonito são Martinho", diziam rindo os camponeses quando o viam; o quadro foi virado para o outro lado, por decência. São Martinho impassível, bruscamente florentino ou delicadamente sienense, desfigurado, mas impassível, contemplava o vento de La Verna, as sombras empertigadas e ninguém. Não era a mais bela coisa que se pudesse ver sobre a terra. Os céus sentem o que amam. Os céus róseos e louros alternavam-se. São Martinho virou fuligem, as cores desbotaram; teria sido possível ver os preparativos de Lorentino, os primeiros traços impressos na primeira manhã quando ele ainda estava absorvido pela visão do santo, a mão teologal e seus arrependimentos, suas iras. Teria sido possível vê-lo. Mas ninguém ia para aquelas bandas, que davam para terras baldias. Ao longo da ladeira cresciam urtigas, violetas; leitões desgarrados e monges passavam. À noite sinais flamejavam, um bosque que se acende, os cometas. Uma noite o santo não viu os sinais, não havia mais rosto nenhum: não se via mais nada, a paróquia recobrou-se, estavam reconstruindo a parede e jogou-se fora aquele nada. Hoje em dia é terra, como Lorentino; como Piero; como o nome de Lorentino; como o nome de são Martinho que os camponeses não chamam mais, que não brilha mais no riso deles e não chora mais com eles, que se cala nas bocas sob a terra. Aqui e ali ainda dizem o nome de Piero, que se espalha para melhor se calar em breve. Não vai demorar muito agora. Um dia Deus não ouvirá mais nome que supere nomes. Ele enviará um sinal aos sete. Eles embocarão as sete trombetas.

O rei do bosque

Para Gérard Macé

O rosto deles respira cólera; em lugar de palavras eles emitem rugidos; como quartos, frequentam florestas.

OVÍDIO

Eu, Gian Domenico Desiderii, trabalhei durante vinte anos com aquele velho maluco. Disseram-me que ainda não se decidiu a morrer; ouço notícias dele, elogios a seu respeito, e de vez em quando vejo um de seus recentes domínios com as mesmas árvores, os mesmos redis, os mesmos palácios quando o sol nasce, e o céu lá em cima como um buraco. O mesmo esplendor, provavelmente, as mesmas maravilhas. Estou cheio. Ele não tem o menor escrúpulo, o espertalhão, o bom apóstolo. Que continue a pintar, se lhe apetece. Que se conserve em sua devoção. Também fui pintor, agora sou príncipe. Quase príncipe: reino sobre os picadores e as maltas, os equipamentos e os uniformes, as carruagens; reino também sobre as florestas; neste mundo inferior sou condestável e leão de chácara, factótum de Monsenhor de Nevers, o duque Carlos, que domina Mântua.

Chove em Mântua. É uma cidade triste, com um relento de limo mesmo quando faz sol. Nesse relento, trabalho. Onde está a grande esperança que fez com eu que pintasse, o sol na cabeça e na alma, em aromas de pinheiros? Onde estão vocês, homenzinhos que minha mão definia, deuses dóceis, velhacos de chapéu de feltro e marujos sonhadores, passantes que atravessavam rios a vau? Ora, decerto estão aqui, sob a chuva os reúno perto dos estábulos, cheiram a aguardente e a pelo molhado dos cachorros, meus velhacos, meus picadores. Seu chapéu de feltro goteja nos olhos, mal vejo os rostos; alguma coisa os carcome, é sua barba, ou a chuva, a angústia da manhã que faz os lobos regressarem. Este aqui é Jean ou Giovanni? Mas julgo reconhecer aquele, é Hakem, é preto como breu. Vamos, aos cavalos. Mais uma vez nos agitemos na floresta, soemos a trompa e gesticulemos, e que nossas almas em nossos corpos extenuados durmam, enfim, esta noite. Mantenham os olhos bem abertos, meus velhacos: no meio desta cerração há animaizinhos que não vemos, e quando os vemos, é para matá-los; vocês são pagos para vê-los e matá-los e, com o que lhes pagam, se embriagarem e dormirem melhor. Quantas sombras à nossa volta. E outras tantas nos carregam. Dizem que é manhã. Dizem que é verão. Galopamos, isso é certo. Não vejo mais sequer os chapéus de feltro, tudo verga, não ouço os galopes. Galhos estalam adiante, tampouco os ouvimos mais. Surgem javalis, ou cepos de troncos, qual se move, qual estaca? E essas grandes presas desarmadas, da fronde ao pé emaranhadas no vazio, na impotência, será que também sucumbis, velhas árvores?

Pintei para ser príncipe.

Eu tinha talvez 12 anos. Era pleno verão, aquela hora da tarde em que ainda faz calor mas as sombras redemoinham. Eu estava levando uns porcos para farejar glandes num bosque de carvalhos perto de Nemi, embaixo de uma estrada; tinha raspado uma varinha e me divertido muito batendo naqueles gordos animais ineptos que passavam ao meu alcance. Aquilo me cansara e eu me contentava em decepar a toda velocidade os fetos, as flores altivas da vegetação rasteira, cujos aromas eram exaltados pela minha violência; aprazia-me recorrer a esse flagelo. Ouvi um veículo pesado vindo ao longe e bem devagar; me escondi e fiquei quieto; o sol inclemente golpeava a estrada e eu estava ali na sombra olhando aquela estrada ao sol, mais alta que a terra invisível. A dez passos de mim e dos meus porcos na luz do verão parou uma carruagem, pintada, numerada, com faixas azuis; daquela caixa armorial saiu uma moça toda paramentada que ria, pareceu correr em minha direção; ofereceu-me seus dentes brancos, o fogo dos seus olhos; sempre rindo, deteve-se no limiar da sombra, deu-me resolutamente as costas, num interminável instante plantou-se naquele sol marmorizado de folhas onde flambaram seus cabelos, suas saias imensamente azuis, o branco de suas mãos e o ouro de seus pulsos, e, quando num sonho aquelas mãos se dirigiram às saias e as levantaram, as coxas e as nádegas prodigiosas me foram oferecidas como se dia fossem, mas um dia mais denso; brutalmente, tudo aquilo se acocorou e mijou. Eu tremia. O jato de ouro esguichava sombriamente no sol, abria um buraco no musgo. A moça não ria mais, concentrada em manter as saias bem no alto e sentindo dela evadir-se aquela luz brusca; com a cabeça um pouco inclinada, inerte, considerava o buraco que fazia no capim. Os panos azuis engoliam sua nuca, farfalhantes, bufantes, com extravagância oferecendo o dorso. Na carruagem, cuja portinhola pintada ainda batia um pouco, tanto a mijona a empurrara estouvadamente, havia um homem acotovelado, num gibão de seda amarfanhado, que a observava. Tinha tantas rendas na gola quanto ela nas nádegas. Sorria como fazemos quando ninguém nos vê sorrir, com desdém e um misto de prazer, ao mesmo tempo modesto e presunçoso, com uma ternura feroz. O cocheiro olhava para o outro lado, civilizado e bestial. O jato copioso da beldade esgotava-se; o príncipe disse-lhe uma gentileza, enfeitada com uma palavra abjeta reservada às putas mais sórdidas; sorria mais francamente, mais ternamente. As mãos da mulher crisparam-se na seda por elas arregaçada e ela soltou um arrulho talvez servil, suplicante ou fascinado, que me arrebatou; reerguera a cabeça e o observava também. Eu imaginava aquele olhar como sangue. Compridas flores brancas floriam junto à minha face. Tudo aquilo era prenhe de uma violência indiferente, como os céus ao meio-dia, como o topo das florestas.

De um pulo a mulher pôs-se de pé, a luminescência costumeira das saias cobria a das coxas; voltou até a carruagem, mais lentamente que antes, com languidez e afetação no andar; estava vermelha; baixava os olhos, não sorria. O príncipe, sim. Ela sentou-se diante dele num frêmito sedoso. Ele beijou sua mão, apertou-a por um instante sob suas saias, depois, cerimonioso, distante, estalou dois dedos do lado de fora da portinhola: cavalos e cocheiro, que são peças de carruagem, obedeceram àquele barulhinho que conheciam e docilmente transportaram para Roma sua delicada carga feita de uma substância diferente da madeira das carroças e do couro dos arreios, de uma carne diferente da dos cocheiros e dos cavalos, uma carne que não obstante, como a dos cavalos, mija e observa, mas que tem tempo e inteligência para gozar de ambos, para mijar mais bestialmente que um cavalo e deleitar-se com isso, para enxergar mais intensamente que um cocheiro buscando seu caminho pela noite fechada, mas deleitando-se com isso, uma carne que carrega sedas no ventre para ser mais carne, ou as carrega na gola para ser não mais carne, mas apenas nome, verniz, desdém, a carne radical dos príncipes. Então aquelas carnes diversas distanciaram-se e, ao partir, levantaram poeira como um rebanho de carneiros. Não sei se senti o que chamam de prazer naquele dia, ainda era petiz. Fui até o lugar aonde ela levantara as saias; fui até o lugar aonde a carruagem arredara, o lugarzinho sagrado em que calculei que o príncipe estava; dali observei a ourela do bosque, a árvore exata sob a qual a moça mijara para os olhos dele. Beijei o que imaginava de uma mão branca, disse em alto e bom som a palavra que designa as putas sórdidas, e estalei os dedos. As árvores na luz eram imensas, numerosas, inesgotáveis. Somos de tal maneira feitos que coxas nuas ao nosso olhar parecem-nos mais vastas. Deus que tudo vê com olhar equânime, não o invejamos; o olhar que invejamos é o que incide sobre o que nos preparamos para gozar, o mundo inteiro deveria ser rasgado por ele. Sentado ali naquela estrada sob o sol a pino onde fugazmente sorrira um príncipe que talvez não passasse de marquês, comecei a chorar, ruidosamente, aos soluços. Queria ter ardido em chamas. Uma exaltação insana me arrastava, talvez fosse sofrimento, cólera ou a risada lancinante daqueles que subitamente topam com Deus em uma trilha. Era o futuro provavelmente, aquela bola de lágrimas. Era Deus também, à sua curiosa maneira.

Eu vira a nudez de muitas outras mulheres. Também conhecia o uso imoderado que fazem dela quando sob um homem esperneiam, disjuntas mas com todas as forças cerradas, lutando contra esse nada que as regozija. Porém, por belas que às vezes fossem as que eu assim vira atacadas, não possuíam a perna branca nem torçais nos cabelos, e seus vestidos, sob os quais vaqueiros se divertiam, eram confeccionados nesses panos versáteis em que embrulhamos tudo que se consome e deve desaparecer, mas não imediatamente, não completamente, nossos grãos e nossas mulheres, nosso dinheirinho, nossos mortos, nossos queijos. O que elas mais sentiam era vergonha, e não sabiam brincar com isso, talvez porque acreditassem que sua vergonha nada dissimulava; e como teriam podido espantar-se e se regozijar com a sujeira clandestina que nos impregna e talvez nos funde, elas cuja sujeira era o elemento e como a pele, o ar que respiravam sobre os rebanhos e a terra podre que lhes aspergia os dedos dos pés nos estábulos, e, sobre elas, permanentemente instalada, a suarda do corpo vil que trabalha e, mesmo atribulado, disjunto, ganindo, parece continuar a trabalhar; e, por essa razão, fede. Convém ter mãos brancas para mijar sombriamente. Sim, era outra carne, outra espécie. E aquilo apareceu à minha frente; tive a minha Visitação; uma dama celestial em rendas e azuis descera de uma das carruagens em que são transportadas em procissão, com graça caminhara na minha direção sob as árvores e sobre o cetim de seus sapatinhos, com toda a pompa se arregaçara do alto e, estremecendo por se saber por si mesma profanada, respingara um pouco o cetim de seus sapatinhos. Eu teria dado minha vida para rever a cena. Queria revê-la, mas não escondido nas árvores. Não, do outro lado. Não como um cocheiro impaciente, inerte, ordeiramente observando onde o seu desejo não se encontra, e com o canto do olho, ainda que por um instante, observando o que não terá. Não, radicalmente do outro lado, como o dia observa a terra, sobre ela chove ou a seca, a seu bel-prazer. Eu queria ser aquele para quem esse milagre acontece todos os dias, todas as horas do dia, por menos que estale os dedos; eu queria ser aquele que a sacrossanta em grande pompa profanada observa, espera; aquele homem triste que, com uma bola na garganta, tem o topete de sorrir, de dizer gentilezas, de enfeitar uma beldade de cócoras com os nomezinhos fustigantes que damos às putas. Eu chamava isso de um príncipe, em minha primeira mocidade.

Meus pais eram pobres-diabos, sem bens e obviamente sem sabedoria, não tinham tempo para isso. Acho que os amava. Eles alugavam seus braços e os meus e os dos meus irmãos aos gordos camponeses dos *Castelli*, que, por sua vez, não tinham senão um pouquinho mais de grão no celeiro, porco na mesa e, se o desejassem, moças jovens e rijas sobre a palha, mas com suarda, sem azul na garganta nem rendado nas coxas: também eram pobres-diabos. Quanto a mim, guardava os porcos, os carneiros, que são ainda mais estúpidos, e as vacas, que são deploráveis, inertes. E, assim, de rebanho em rebanho, fui alugado na estação seguinte para Tívoli, sobre encostas verdejantes no topo das quais reinam palácios, e cujo reino é importante constatar e apoiar, em troca de montes de carne, de couro, de cavalos: para isso há cabanas ao longo das encostas, com animais que pastoreiam outros animais. Eu era um deles. Não entrei nos palácios, mas pastoreava ao longo dos caminhos que levam lá no alto; muitas carruagens passavam por ali, nas quais eu avistava Monsignori todos de vermelho com rendas, capitães com aço polido e rendas, fidalgos com luvas frouxas, botas moles, gibões de seda mole e rendas, e todos tinham diante de seu olhar Nossas Senhoras, moçoilas de azul, assim como o inepto cocheiro em cima tinha os cavalos sob seus olhos. As caixas armoriadas atravessavam o pórtico das *villas*, eram lentas e pintadas como um santo sacramento, desajeitadas como uma carroça de feno, brutais como um chicote, escalavam encostas íngremes de areia mais fina que farinha, e o estrépito das rodas e dos chicotes sumia no estrépito mais poderoso das águas que caem de focinhos de leões, de narinas de bois, de urnas que inclinam incansavelmente velhos deuses barbudos e mulheres, as fontes de mil bocas pelas quais todos esses poderosos são loucos. Bem no topo da escadaria, revoada após revoada, sobre os terraços, eu as via desfraldarem os vestidos, deslocarem um pouco de ar, voltarem a entrar nas altas fachadas em que eram mantidas; um Monsignor ficava um pouco para trás, demorava-se sob as grandes árvores, todo de vermelho e, como elas, poderoso, assombroso, talvez sonhasse ou quem sabe rezasse, pois Deus é grande como as árvores para os olhos, porque as árvores elevam os olhos para Deus — e ele subia por sua vez a última escadaria, mais lentamente, todo de escarlate, penetrava no pombal aonde ia dar o cibo a todos aqueles pássaros azulados, depená-los, comê-los.

Durante a tarde inteira não se via mais nada, as grandes árvores rumorejavam incansavelmente contra o vazio do mundo, as fontes estrepitosas corriam tal como sem testemunha exércitos passam, estações. As vacas sonhavam à sombra, eu confeccionava um apitinho de cortiça e nele soprava uma única nota até a noite. Lá no alto tudo aquilo só aparecia quando refrescava, as pombas que havíamos depenado vestiam-se como fênix para uma pequena ceia, os incansáveis Monsignori continuavam com fome. Instalávamos à luz de velas grandes mesas com mil lacaios sob os olmos. Eu ia guardar meus porcos.

Houve também os cavaleiros.

Não esses cavaleiros que galanteiam na lateral das carruagens e, ao fazê-lo, derretem os coraçõezinhos das mulheres que estão lá dentro, jovens prelados ou marqueses, *sobrinhos*; estes ficavam pelo caminho ou não entravam nos prados senão para se lançarem num galope que fazia disparar os coraçõezinhos e espantava os meus animais, voltavam rapidamente para a estrada, a passo perto da portinhola gracejavam e só se desvencilhavam do estribo lá em cima, sob o grande cabaré dos órgãos hidráulicos. Aqueles de quem quero falar eram mais contidos, bancavam os peralvilhos também mas com menos impaciência, pois não visavam presas nobres; não tinham mulheres e eram mais enigmáticos. Não eram labregos, mas por bravata davam-se ares de labregos que teriam cavalos e botas moles, embora suas botas fossem menos moles que as dos *sobrinhos*, e, sob essa aparência imitada de plebeus, assumiam um sorriso de sobrinho, também imitado. Isso me assustava. Acontecia de eles entrarem nos palácios, e os lacaios, ao os verem passar, exibirem aquela expressão indiferente, bestial, que afetam à passagem dos príncipes. Acontecia também, e quase todo dia, de alguns virem até os meus pastos; apeavam; faziam uma piada comigo e eu corria para me agachar um pouco adiante, de onde os irritava com meu apito. Espiava-os por entre as folhas. Sem pressa, eles debandavam, levantavam o nariz, inalavam o ar e, com um amplo olhar neutro, abraçavam os horizontes, a fuga das veredas, os rebanhos; trocavam algumas palavras, hesitavam ou conversavam, subitamente faziam um gesto largo e alguma coisa parecia interessá-los sobremaneira, lá na direção de um magro bosque aonde caía uma magra cachoeira, em frente a uma ourela onde o dia e a sombra brigavam pelas folhagens como ao longo do verão o fazem sem que desse choque nasça outra coisa que não folhagem: apontavam isso ou aquilo um para o outro e eu olhava para lá também, esbugalhava os olhos para ver o que havia de tão assombroso, uma bela adormecida naquele bosque e por que não lá mijando, ou uma Nossa Senhora de verdade alçada aos céus, mas havia apenas folhas e água, céu. Eu me esgoelava no meu apito. O êxtase pernóstico os abandonava um pouco, eles tiravam de seus alforjes seus poucos pertences, papéis e grafites, punham-se à vontade, de pernas cruzadas no chão e de botas ou sentados numa inclinação, e faziam interminavelmente pequenos desenhos. Claro — eram os pintores.

Eram os pintores. Eram, mas não todos juntos, não todos ao mesmo tempo, pois ali dentro havia afinidades, clãs em guerra aberta, entredevorando-se como vespas numa tigela, o velho Cavaleiro d'Arpin e Pietro Testa, Sacchi e Pietro Berrettini de Cortona, Valentino de Bolonha, Gérard de la Notte, Poussin, Mochi, Swanevelt e os dois Claude, Claude Mellan e Claude Lorrain, às vezes inclusive via-se entre eles, mas com botas menos moles e não fazendo a mínima questão de se dar ares de labrego, pois não era efetivamente um, aquele bufão bêbado, disforme, abaulado, Pieter van Laer, conhecido como o Vagabundo; mas nunca o Cavaleiro Bernini, que tinha toda aquela escória na mão e outras coisas mais importantes com que se preocupar. Era a Congregação dos Virtuosos, os Acadêmicos de São Lucas, patrocinados muito mais por Barberini que por são Lucas, o bando dos Barberini; os Barberini que não víamos, pois salmodiavam em São Pedro; Barberini, os dois, Maffeo, que usava a tiara na cabeça com pequenas fitas atrás, e Taddeo às suas costas, que segurava as fitas maiores da bolsa; esses dois e os outros cem, os intermináveis *sobrinhos*, Francesco e os dois Antonio, e todos os nomezinhos da língua italiana, todos tinham em seu corpo a fugacidade do fogo, todos com fitas no chapéu, todos com a mitra, a murça, o anel, todos, acima de tudo, com *as três abelhas* no brasão e a esse título fabricando mel em São Pedro, em Castel Gandolfo, em Latrão, nas *villas* verdejantes em Tívoli, em Frascati, e até na menor colina em que houvesse água para que, lançada para cima, caísse com grande estrépito em bacias de fontes — todos aqueles, portanto, que tinham em suas armas *as três abelhas*, que olhavam a água cair e que, sem outro esforço além desse olhar, fabricavam mel nas grandes arcas melífluas dos palácios, dos jardins, das igrejas, todos estes arrendavam pintores. Pois, para fazer a alvenaria dessas arcas, igrejas ou palácios e decorá-los, para fabricar a cera em que Maffeo e Taddeo, os dois Antonio, todo o enxame, absorvem carnes, mulheres, todos os livros escritos em todas as línguas desde são Pedro, vomitando em troca ouro, Escritos que matam, perdoam, absolvem os que matam, bulas patentes fulminadas sobre a Europa, latim que atrai os anjos e aqueles cânticos de igreja que lhes escancaram as almas deslumbradas dos mortais, para atapetar essas colmeias de Deus são necessários muitos pintores que trabalhem no mel, sob forma de mel tentem ver o mundo, ou finjam, e, eventualmente, coletem um pouco de mel para esse comércio. Mas para isso eles não se contentam em absorver, comer livros, carnes e mulheres, precisam enfiar a mão, debruçar um pouco e fermentar, degradar, trabalhar, exercitar. Eis por que eles acabavam de fazer sua barganhazinha em Tívoli, coletavam seu pólen nos meus pastos, imitavam um pouco os príncipes contemplando do alto os horizontes, porém, de volta às suas casas, pelejavam como labregos, massa de ouro até o cotovelo, como eu tinha até o cotovelo pus e sangue quando minhas ovelhas debandavam, quando eu as libertava. Mas, eles, o que eles libertavam?

Sei de tudo isso agora, mas o vaqueiro, o porqueiro, não sabia de nada. Eu não os conhecia pelos nomes, sequer sabia que o Barberini é que era o santo padre. O porqueiro observava homens com grandes chapéus e barbas executando trabalhos singelos e delicados como quando mulheres costuram.

Acostumava-me ao carrossel deles, mas me mantinha afastado. Acontecia-me de esperá-los com impaciência, quando nenhum deles aparecia vários dias seguidos — preferiam muitas vezes o outro lado, as Cascatelles, as belas pedras inúteis onde nada cresce. Eu os esperava, chamava-os com magias: fingia ser um deles, esticava amplamente o braço para um ponto qualquer do horizonte e tentava me interessar por ele longamente, a cabeça inclinada, intensamente concentrado e estúpido, mas nada vinha. E quando um belo dia eles chegavam, eu sofria porque estavam ali. Eu era uma criança abandonada, que enfada seu prazer e afaga seu enfado. Eu não sabia onde estava o meu prazer. Então eles ficavam por ali e eu afastava um pouco meu rebanho, zanzávamos cada um do seu lado sem fazer menção de nos percebermos, eu com os meus apitos e minhas três penas de gaio, fiapos de vime, e eles com seus papéis e grafites; o azul das minhas penas de gaio me parecia mais triste, menor. Tudo isso estava dentro da ordem, provavelmente; essa ordem um dia desmoronou.

Uma manhã cedinho fui cortar apitos na mata, num desses fundos úmidos onde crescem essências trêmulas que o menor sopro agita, bêbadas e frementes, e que acolhem em seus pés espécies medíocres, as cobras, as rãs, com essas cascas são feitos os melhores apitos, tiramos deles uma queixa sustentada, mas exagerada como o canto dos sapos. Sim, Deus sabe que eu não ia ali apenas atrás de bons apitos. O cheiro das folhas podres subia e, curvado ali dentro, eu avançava com precaução, concentradíssimo, o olhar na altura do chão. O dia de junho me encontrou nesse sobosque. Num desvio por uma brecha avistei ao longe a fachada de um palácio ao sol nascente no alto da colina: nada se mexia, ninguém se levantara, estava claro e ermo como um rochedo; aqui, as brumas da noite persistiam, as folhagens caíam, estava tudo escuro. Eu me sentia bem. Comecei a cantar uma canção da minha cabeça, que eu forjava em segredo, que frequentemente repetia e apurava a meu bel-prazer na língua estropiada que então utilizava; devia ser a respeito da minha mijona azulada; das outras riquezas; e de Nossa Senhora, que em sua grande bondade despeja essas riquezas no coração de um porqueiro. Essa prece me exaltou, em minha efusão eu quebrava muito mais galhos que o necessário para confeccionar os apitos: cantava desbragadamente; fazia gestos; o palácio flamejava como se fosse meu canto; ele me chamava, eu voava até ele, pegava-o com a mão, deitava-me sobre ele e o apertava; as três notas da poupa me responderam, louras e distantes como um palácio adormecido. Lágrimas afloraram à minha face: minha mãe chorava assim, a pobre mulher, quando Nossa Senhora em procissão passava acima dela, curvada. O céu resplandeceu: o dia fazia-se pleno, adentrou um pouco os salgueiros e naquele cerne do dia havia uma máscara branca que sorria. As lágrimas congelaram na minha face. A poupa cantou mais perto. A máscara tinha bigodes bem pretos, lábios grossos e dentes fortes que cintilavam num sorriso; havia na penumbra outra aparência branca, era o papel que a máscara segurava. Essa folha e essa máscara, paradas, vivas, formavam duas grandes manchas claras e iguais, como o duplo ocelo de uma enorme borboleta preta cujas asas invisíveis fremiam nos salgueiros; eu estava sob esse frêmito. Não sei se eu estava com medo, ele era receptivo; não tinha natureza de ladrão: tinha sido um homem bem moreno e corpulento que eu vira. Era a cabeçorra lívida e o cabelo de azeviche de Claude Lorrain.

Alguma coisa voou sob as folhas; girei nos calcanhares e chispei. Mal saíra da copa, uma mão agarrou meu colete por trás e me ergueu do chão. Não me debati, observara-o o bastante para saber que a grande borboleta preta era um colosso. Pôs-me no chão, virou-me para ele sem me soltar e se dirigiu a mim delicadamente como nos dirigimos a um animal nervoso. Eu não o escutava: nas grandes árvores sobre as quais o sol resplandecia agora e cujas folhas todas tremelicavam nessa oportunidade como o fazem nos piores desastres, na imobilidade vazia, ao meio-dia e de madrugada, no espaço todo até o palácio finalmente acordado onde postigos batiam, abriam-se secretamente, em minha cabeça dura como nos céus retiniam, reverberavam, decolavam, nada serenando mas com a fúria do dobre de sinos tudo afastando, as últimas palavras da prece à Nossa Senhora que eu herdava da minha mãe, bem como minha vida, meu medo, minha vergonha: *agora e na hora de nossa morte.* Repeti isso no fundo de mim como um pássaro diz três notas, interminavelmente as mesmas. Talvez as tenha dito a meia-voz, eu também. Durante todo esse tempo Claude me segurou, bafejo contra bafejo. Eu voltava a mim, vi de perto aquela espécie de rábano que ele exibia como rosto; compreendi talvez que me olhando talvez se lembrasse de alguma coisa muito antiga, ou tentasse se lembrar. As cores voltavam à minha face, ele sorriu. Com os olhos nos meus, começou a cantarolar, e, de repente, cantou longamente, numa entrega total, com uma bela voz, as palavras exatas da minha canção, a carruagem e o vestido azul, o jato dourado. Era a primeira vez que essas palavras percorriam os lábios de um outro que não eu. Ele segurava a risada à medida que cantava, e, quando chegou ao refrão idiota com o qual eu rezava à rainha dos céus, ria desbragadamente. Apertou ainda mais a minha gola e disse que as riquezas da minha canção me pertenceriam, bastava eu querer. Com a mão espalmada, fez um gesto largo para o horizonte visível, o sol, as árvores e o palácio, e era como se mostrasse também o que não víamos no palácio, as pombinhas, as madonas. "Tudo isso, ele me disse, é teu, se quiseres ser meu criado." Ele abrira o punho, eu estava solto; então caí aonde ele me depositou e chorei todas as lágrimas do meu corpo. Sentado, ele esperava sem me olhar. Creio que a poupa ainda deixou escapar suas três notas, três bolsinhas de mel nos bosques. Fiquei e o segui.

São falcões que vocês estão soltando, meus queridinhos? Ótimo. É com eles também que caçamos, com efeito, quando não enxergamos mais nada. Não é mel que eles enfiam no dorso dos coelhos, as poupas tampouco, basta de ladainha! São aves grandes e bonitas que cantam para copular e fedem, elas também, as infelizes. Você não é mestre em poupas, Hakem? Isso não se come, você tem a discrição de não tocar no assunto. Coragem, queridinhos! Vocês não veem nada, mas não é preciso ver para matar alguma coisa ali dentro: os falcões veem por nós, são nossos olhos e nossos bicos que, por mágica, voam com eles como um jato assim que tiramos suas vendas. Volta tudo cheio de sangue, com a penosa estertorando. Codornas? Outra coisa? Vamos, o duque ficará contente, terá perdizes-bastardas à sua mesa esta noite. E eu terei sua mulher. Secarei minhas alfaias, beberei o dobro, irei tranquilamente até o seu quarto e mergulharei naquela tigela de leite. Como tudo é simples e escuro em torno desse leite.

Não há nada nos bosques. Vocês sabem muito bem disso, minhas perdizes, que lá não há nada além de carne. Talvez seja por isso que à noite vocês colocam sobre suas cabeças aqueles grossos capuzes cor de vinho, e dormem embaixo deles. Isso não lhes convém senão por um lado, mas é disso que são feitos bons caçadores. Que lhes dá às vezes entretanto quando o dia está bonito e, de nariz empinado, perplexos, vocês perdem uma lebre que estava em suas mãos, o machado pende no fim do braço, o mosquete arria, o cavalo percebe que pode descansar e bufar um pouco também, seu peso sobre ele não é mais o mesmo, você não é mais aquela bola de carne crispada que desde sempre o aterroriza e cujo peso ele deve trasladar pelo terror, não, ido o terror, vocês ficam leves, vocês olham o pó de pirlimpimpim que o sol lança na clareira, vocês param ali no meio e ali se quedam, isso os aquece, e não apenas o corpo — que lhes dá? Estão escutando a outra cavalaria, lá em cima? É a alminha de vocês que ela caça, a menos que não a carregue delicadamente sob um pálio, com muitas precauções. Vocês empinam mais o nariz, está deveras azul, tampouco se enxerga alguma coisa; mas como as moitas parecem mais verdes — e seus rostos então, meus príncipes, são eles os mesmos? Isso é vento. Isso vai embora rápido, vocês esporeiam e ei-los distantes com sua montaria, todo o peso do terror faz um grande buraco no arbusto, e nos orifícios não há mais senão galhos estalando, pequenos ossos trêmulos que escapam ao falcão e estalam sob o dente da raposa, e se o mundo inteiro estivesse em seu punho, estalaria da mesma forma. Queridinhos.

Nada de pó de pirlimpimpim hoje: nada senão essa cerração que provoca mais fúria, as coisas odiáveis que chovem e nos odeiam. Os galopes nunca golpearão suficientemente a terra. Amaldiçoe o mundo, ele o reflete muito bem.

Este livro foi composto na tipologia Sabon BT,
em corpo 10/13,5, impresso em papel off-white 90g/m²,
no Sistema Cameron da Divisão Gráfica
da Distribuidora Record.